ひとり居の記

Saburo Kawamoto

川本三郎

平凡社

ひとり居の記

ひとり居の記　目次

まえがき

初老の一人暮しも早いもので二〇一六年には八年になろうとしている。正直、二〇〇八年に家内を亡くした時には、この先、どうなるのか不安だった。そんなに長くは生きられないと思った。それが二〇一四年には家内の七回忌を迎えることが出来た。それが区切りになったのか、七回忌をすませたあと、少し心が落着くようになった。一人暮しに慣れたのだろう。

無論、友人たちに支えられていることが大きい。一人になった頃、親しくしている四歳年上のドイツ文学者、池内紀さんからこんな手紙をもらった。

元気でいるためには三つのことが大事です。まず、医者と仲良くすること（億劫がらずに定期的に医者に診てもらう）。適度な運動をすること。そして、三つめが面白かったのだが、四十代の女性と親しくすること。

以来、池内さんの言に従うことにしている。

医者には一ヶ月に一度、診てもらっている。歩くのが好きだから、毎日、適度な運動はしている。幸い、四十代の女性編集者たちにも恵まれていて、時折り、食事や酒を共にする。家事の相談にのってもらう。繰り言を聞いてもらう。聞き手にまわることもある。

定期的に医者に行く。適度の運動をする。四十代の女性と親しくする。「池内さんの三原則」を守っている。なんとか元気なのはそのためかもしれない。池内紀さんには感謝している。

二〇一〇年に亡妻記『いまも、君を想う』(新潮社)を出した。そのあと、思いがけず未知の読者から多くの手紙をもらった。同じように、連れ合いを亡くした同年齢の男性からの手紙が多かった。誰も、同じ悲しみを抱えて生きていると知って、それが慰めになった。ある男性は、一年に一度、手紙をくれる。昨年の手紙にこうあった。

「家内が旅立った八月は特別の月です。もう九年が過ぎましたが、あの日の記憶は鮮明ですし、哀しみも淋しさも変わることはありません。ただ、慣れました」

同じような思いをして生きている人がいるのを知り、励まされた。私も、ようやく、哀しみと淋しさに慣れてきたと言える。

最近、知人からの手紙で、哲学者、民藝運動家の柳宗悦《やなぎむねよし》にこんな言葉があるのを知った。

「悲しみのみが悲しみを慰めてくれる。淋しさのみが淋しさを癒してくれる」(『妹の死』)。悲しみ、淋しさと共にありたい。

それにしても、一人暮しのわが部屋はなんと乱雑になっていることか。本や雑誌が片づかず、まるで物置のなかにいるよう。これを見たら、家内がなんと言うことか。それを思うと、少しつらくなる。

「わが庵《いほ》は古本紙屑《かみくず》蟲の声」(荷風)

「街ネコ」に会いにいく。

一人暮しになったいま、暮しのなかでいちばん寂しいのは猫を飼えないこと。旅や町歩きで家を空けることが多いので、猫が鍵っ子になってしまう。

昭和の俳人、富安風生《とみやすふうせい》（一八八五—一九七九）は猫好きとして知られたが、さすがに年齢を取ってからは飼うことができず、仕方なくぬいぐるみを猫の代わりにし、外出のときも持ち歩いたという。そのためか九十三歳まで長生した。

風生に倣っていまは、ぬいぐるみの猫を抱いて寝ている。それと、動物写真で知られる岩合光昭さんの猫の写真を家のあちこちに貼っている。

その岩合光昭さんの写真展「ねこ」が福島県いわき市の市立美術館で開かれていると知って、秋の一日、上野から常磐線に乗っていわきに出かけた。

写真のなかの猫は、どの猫も（妙な言い方になるが）本物の猫以上に可愛い。猫たちは撮影者の岩合光昭さんにすっかり安心して、くつろいだ様子を見せている。引っくり返っておなかを出している猫も多い。言うまでもなく、おなかは動物の身体のなかでいちばん弱いところ。それを見せるとは、猫が岩合光昭さんをまったく警戒していないと分かる。

ペットショップで売られているような立派な猫ではなく、そのへんにいる普通の猫ばかり。雑種、駄猫なのに可愛い。

太った猫が日だまりのなかで目を細めてひなたぼっこをしている。白い子猫が水のなかを泳いでいる。母猫が子猫たちを連れて歩いている。

しかもいいのは、どの写真も、町のなか、暮しのなかで撮られていること。漁師町の船溜りで寝そべっている。民家の屋根の上にいる。路地のある横丁を歩いている。人間と猫がその町では共に生きていることがうかがえる。

宮城県の牡鹿半島の先きに浮かぶ網地島《あじしま》の猫たちの写真を見て、二十年以上も前にこの島を旅したことを思い出した。南北五・五キロ、東西一・五キロの小さな島で、海から見るとまるでクジラが浮かんだような形をしている。当時人口は千八百人ほどで漁師が多いと聞いた。

実際、猫が多いのにうれしく驚いた。漁師は猫を大事にするからなのか、単純に餌があるからなのか。猫神社もあるという。

この島も3・11で被害を受けたが、猫たちはどうしているだろう。

写真展「ねこ」の会場には面白いコーナーがあった。「いわき街ネコ」の人気投票。いわき市には野良猫ならぬ町猫が多いという（そういえば六月に訪れた小樽市もそうだった）。野良猫は町の人たちが世話をする。決して排除せず、共に生きる。

九州新幹線 新800系 水戸岡鋭治デザインの新800系車両内部（提供 JR九州）

その「街ネコ」の写真が何枚も貼ってあり、来館者が気に入った猫に一票を投じる。コンテスト。いちばん票の少ない猫に一票入れた。

いわきから常磐線の上りに乗り、東京に戻る感じで水戸に出る。水戸芸術館で開かれている「水戸岡鋭治の鉄道デザイン展――駅弁から新幹線まで」を見る。

水戸岡鋭治さんはJR九州の車両デザインの素晴しさで知られる。二〇一一年、文藝春秋の主催する菊池寛賞を受賞した。これは実にいいセレクションだった。

昨年（二〇一二）の八月に、博多―鹿児島中央間に開通した九州新幹線に乗ったが、木をふんだんに使った車両は和室のように落ち着いていた。何よりも東海道新幹線の一列五人席とは違って一列四人席になっているのがゆったりしていていい。普通車なのにグリーン車の贅沢感がある。もっとも八代《やつしろ》から先はトンネルが多く車窓風景を楽しめないのが難だが。
「水戸岡鋭治の鉄道デザイン展」には家族連れが多かった。とくに、いつもはＪＲ博多シティの屋上にある「つばめ」のミニトレインが走るので子どもたちが多い。昔の動物園にあったお猿の電車を思い出す。

水戸まで来たので、ローカル私鉄、鹿島臨海鉄道大洗鹿島線に乗る。水戸から大洗を経由して鹿島サッカースタジアムまで走る。全長五三キロ。ここも3・11で路盤沈下などの被害を受けたが、幸いなことに約一ヵ月で復旧した。

水戸から大洗まで乗る。十五分ほど。四人掛けのボックスシート。この鉄道は一九八五年に開通した比較的新しい鉄道なので高架になっている。田圃や畑のなかを高架の鉄道がゆっくり走る。眺めがいい。

大洗の駅前はご多分に洩れず寂しい。少し歩くと昔ながらの商店街があるが、ここも以前に来たときに比べると商店が減っている。港の近くに大きな商業施設ができたためらしい。

それでも商店街のはずれに様子のいい、小さな居酒屋を見つけた。清潔なのれんが掛かり、品書きが表に出ている。入りやすい。

店内にはカウンターがあり、一人客でも大丈夫のようだ。開店早々で客は私一人。ビールの突き出しのタイのこぶじめが滅法うまい。思わず追加を頼んでしまった。サンマの刺身もよかった。ご夫婦で切り回しているらしい。他所《よそ》者《もの》には愛想はいいとは言えないが、放っておかれるのも一

鹿島臨海鉄道大洗鹿島線（提供　鹿島臨海鉄道株式会社）

人客としては悪くない。

たまたま置いてあった地元紙の歌壇の欄を見ると、いくつか心に残る読者の投稿歌があり、メモ帳に書きとめた。

「臥《ふ》す母に久しく会いに行けぬ吾《われ》　仕事仕事の言い訳をして」

「五十余年使い古《ふ》りたるわが算盤《そろばん》　つましき家計いまなお弾く」

「墓誌に刻む二十九歳戦没死　七十回忌の父の恋しく」

「八十余歳残生計画の一つにて　遺影たるべき写真をさがす」

水戸岡鋭治さんのことを書いた本、一志《いっし》治夫『幸福な食堂車』（プレジデント社、二〇一二年）を面白く読む。

一九四七年、岡山県の生まれ。実家は家具製造業だという。なるほどそれで車両に木を使うことが多いのかと納得。

富士急行の富士吉田駅が富士山駅と改名するに当って駅舎のリニューアルを手がけた話がはじめにある。

駅のなかは手書きの案内板だらけで雑然としていた。唖然とした氏は職員に言う。

「汚い手書きで勝手に貼らないように。手書きで一生懸命やっています、なんていう時代じゃない」そして駅の掃除から始めた。「デザイン力とは、整理整頓する能力だと水戸岡は思っている」。うーん、手書きのポスターもいい（たとえば銚子電鉄の車内の手書きポスター）、ごちゃごちゃしている駅もアジア的でいい、などと思っていた人間は大いに反省させられる。

東海道新幹線を見れば分かるように現在の鉄道にはもう食堂車はない。効率が悪いし、儲からないから。これに対し水戸岡さんはＪＲ九州の特急列車や新幹線にあえて食堂車（最終的には立食のビュッフェになったが）を設けた。

食堂車はいわば列車のなかの広場であって、飛行機も車も持ち得ない大事な空間なのだから。これには賛成。食堂車で車窓風景を眺めながら飲むビールは格別。もっとも、そういう客が増えるので採算がとれないのだと言われると、黙らざるを得ないのだが。

十月に新装なった東京駅が話題になっているが、『幸福な食堂車』を読んで意外な事実を知った。大正三年（一九一四）にできた東京駅に使われた煉瓦は「三石耐火煉瓦」が作ったものだという。この会社、映画好きならご記憶だろう。小津安二郎監督『早春』（一九五六年）で池部良演じる主人公が勤めている会社である。

東京駅に関する意外な事実をもうひとつ。これは向田邦子が書いている（『父の詫び状』）。母方の祖父は建具職人で、東京駅の建具を作ったという。孫としては自慢できる。

『幸福な食堂車』には、カラー写真が何点か入っているが、これを撮ったのはＪＲ九州の仕事をよくしているカメラマン、川井聡さん。夏の九州新幹線の旅は川井さんと一緒だった。陽気で豪快な好漢だった。日本全国を旅していて実に鉄道に詳しい。当然なことに独身（五十代だが）。

ＪＴＢパブリッシングから出版された須田寬監修、原口隆行解説『秘蔵鉄道写真に見る戦後史（上・下）』は、鉄道写真から見た戦後史として貴重。ＪＴＢが保存する膨大な鉄道写真のなかから約千点を選んでいる。

戦争直後の混乱期、買い出しの人々で超満員の列車。機関車にまで人が鈴なりになっている。私の世代だとかろうじてこの買い出し列車の記憶がある。

復員兵や引揚者を運ぶための臨時列車の写真には涙を誘われる。フランキー堺が実在のニュース・カメラマン（日映新社の松本久彌）を演じた『ぶっつけ本番』（一九五八年、佐伯幸三監督）では、このカメラマンは品川駅に引揚列車の到着を撮影しに行き、電車に轢かれて亡くなった。

昭和三十年代、高度経済成長期の集団就職列車の見送り風景も心に残る。集団就職は昭和三十年代のはじめ、東京世田谷区の桜新町の商店街が人手不足を解消するため、地方の職業安定所と連携して中卒者を集団採用したのがはじまりという。

映画『ＡＬＷＡＹＳ　三丁目の夕日』（二〇〇五年、山崎貴監督）で堀北真希演じる女の子が、青森から東京に集団就職で出て来たのは御存知の通り。

本書によれば集団就職列車は昭和五十年（一九七五）まで運行されたという。

本書で教えられた意外な事実がある。

昭和二十七年に建てられた鉄筋コンクリート三階建ての高円寺駅の駅舎（現在の一代前の二代目駅舎）のなかにはなんと映画館があったという。隣りの阿佐谷に住んでいたのに知らなかった。

（「東京人」二〇一二年十二月号）

盛岡のソウルフード。

十月、講演の仕事で盛岡に行き、翌日、ＩＧＲいわて銀河鉄道に乗った。盛岡と目時《めとき》（青森県）を結ぶ。もともとは東北本線。二〇〇二年に東北新幹線が盛岡から八戸まで延長された時に、第三セクターの鉄道として発足した。ＩＧＲはIwate Galaxy Railwayの略。電化されている。

朝の早い電車に乗ったので通勤、通学の乗客でかなり混んでいる。二両だが、車輛の座席が片側はロングシート、もう片方はボックスシートになっている。いわゆるセミクロス型。また、よく見ると、運転手も車掌も若い女性だった。

盛岡を出ると、やがて里の風景が広がる。左手には岩手山が見える。山は紅葉が始まっている。この鉄道の駅で有名なのは渋民《しぶたみ》だろう。言うまでもなく石川啄木の出身地。それなのに鉄道の名前は宮沢賢治の童話から取って、いわて銀河鉄道。近年の賢治人気をうかがわせる。

一時間ほどで小繋《こつなぎ》という小さな駅に着く。無人駅。ここで降りる。小繋の名は小繋事件として名が残っている。小繋山の入会《いりあい》権をめぐって、地元住民と地主のあいだで大正六年から昭和四十

IGRいわて銀河鉄道。正面には岩手山（提供 Iwate Galaxy Railway Co., Ltd.）

一年まで長期にわたって裁判で争われた。住民側が敗訴した。ちょうど私の学生時代で、法学部の学生はこの事件の弁護人、戒能《かいのう》通孝の『小繋事件――三代にわたる入会権紛争』（岩波新書）を読んだものだった。

小繋駅を舞台にした映画がある。

二〇〇六年に公開された板倉真琴監督、脚本の『待合室』。無人駅となったこの駅の待合室には、誰でも自由に書きこめるノートが置いてある。駅の利用客や旅行者が列車を待つあいだにさまざまな思いを書き記す。なかには深刻な悩みを打明ける文章もある。

駅前にぽつんと一軒、雑貨店がある。食料や酒も置いている。その店のおかみさん（富司純子）が毎日のように待合室を掃除する。そしてノートに書かれた文章を読んでノートに返事を書く。悩みを記した若者を励ましたりする。いつしかノートのなかで知らない者どうしのコミュニケーションが始まってゆく。

この映画を見てから小繋駅に降りてみたいと思っていた。待合室は掃除がゆきとどき清潔だった。ノートが何冊か置いてある。映画のままだった。もう六年も前の映画なのに、『待合室』のポスターと撮影隊の寄せ書きがきちんと貼ってあった。

映画は真冬に撮影されていて、駅がすっぽり雪におおわれる姿がとらえられている。冬は厳しいところなのだろう。


小繋駅で一時間ほど待って盛岡行きの上りに乗った。来る時に乗ったのと同じ電車で、同じ女性の運転手と車掌だった。

車掌と書いたが、正確には「医療ラインアテンダント」というそうだ。この鉄道は、沿線の町や村から盛岡の病院に通院するお年寄りによく利用されている。車内で何かあったときに彼らの世話をするために乗車しているという。鉄道が地域に溶け込んでいることが分かる。


盛岡に戻り、町を歩く。いつ来てもいい町だ。実家が盛岡にあるという作家、木村紅美《くみ》さんの好短篇「福田パン」(『イギリス海岸——イーハトーヴ短篇集』メディアファクトリー、二〇〇八年)に、盛岡の良さは町のなかを、北上川、中津川、雫石川という「ちゃんと魚の住める三本もの川が流れている」ためにに、空気が澄んでいることだとある。そして「たいてい、どこを歩いていても、建物の、木々の、川の流れの向こうには、うす青いような、灰色のような山なみが、遠く、視界に映りこんでいる」。

町と川と山が共存していることが盛岡の良さかもしれない。

盛岡のソウルフードと言われるのが木村紅美さんの短篇の題名になった福田パン。昭和二十三年（一九四八）創業のパン屋の名前なのだが、盛岡の人で知らない人はないという。

駅で降りて、歩いて行ってみた。試みに通りがかりの何人かに「福田パンはどこですか」と聞くと、みなさんにこにこして道を教えてくれた。駅から歩いて二十分ほど。盛岡は小規模の町だからたいていのところは歩いてゆけるのもいい。

「福田パン」は、しゃれたペンション風の建物。学生からお年寄りまで大勢の客がいる。名物の、コッペパンにバターとアンコを塗ったアンバターを食べる。ボリュームがあるのには驚いた。

木村紅美さんの『イギリス海岸』の裏表紙には福田パンの袋があしらわれている。コック帽にひげのおじさんがにこやかに笑っている。福田パンの創始者がパン作りを教わったカナダ人のパン屋のものと同じイラストを使っているという。


福田パンから歩いて盛岡駅に戻る。午後の一時をまわったところ。急ぐ旅でもない。

駅ビルの地下にある「清次郎」という回転寿司に入る。実はここが気に入っていて盛岡に来るたびに立寄って一杯やる。安くてうまい。何より一人客でも目立たないのがいい。

と、前夜、講演会を主催した市の人にこの店の話をしたら「あそこは盛岡の人気店ですよ」と教えてくれた。福田パンと並ぶソウルフードらしい。

小繋駅の待合室（提供　Iwate Galaxy Railway Co., Ltd.）

福田パンの外観。手前が人気の「あんバター」
（提供　福田パン）

19　盛岡のソウルフード。

震災から復興しつつあるという三陸の漁師町でとれた魚がおいしかった。

盛岡には映画館通りという繁華街がある。映画館が多く並んでいたのだろう。シネコンばかりになってしまったいま、映画館という言葉も死語になりつつある。

ニューヨークでも事情は同じらしい。

三鷹市美術ギャラリーで開かれた「記憶のドラマ――依田洋一朗」展は、記憶のなかの映画館と映画をよみがえらせた絵画展。

「記憶のドラマ 依田洋一朗」展より
（提供 三鷹市美術ギャラリー）

依田さんは一九七二年、高松市の生まれ。生後三ヵ月で画家である両親とニューヨークに移り住み、現在もそこで暮しているという。

ニューヨークには映画の黄金時代から続く古い宮殿のような映画館（ピクチャー・パレス）が残っていたが、ある時から、それが壊されていった。依田さんは、そのことに心を痛め、絵のなかに失われた映画館を再生してゆくようになった。記憶の再生であり、同時に記憶を編集してゆくことによって、もうひとつの過去、あるべき過去を作り出してゆく創造でもある。

映画の看板、広々とした客席、舞台、スクリーン、通路……細部が記憶のなかからよみがえるように丁寧に描かれている。ノスタルジックであり、幻想的でもある。

現在と過去が溶け合う。廃墟のような映画館にチャップリンやリリアン・ギッシュ、ハロルド・ロイドがあらわれる。現代の映画ファンがひそかに自分だけの映画館で昔の映画を上映しているよう。

エドワード・ホッパーとポール・デルヴォーが合わさったような不思議な世界のなかで、どこからともなく映写機がカタカタと鳴る音が聴えてくる。

会場を歩いていると映画館の暗闇のなかにいるような気分になってくる。そしてあるコーナーに入って驚いた。

そこにある絵は、『死の接吻』のリチャード・ウィドマーク、『罠』のロバート・ライアン、そして『マルタの鷹』のハンフリー・ボガートとエリシャ・クック・ジュニアではないか！

一九七二年生まれと若いにもかかわらず依田さんはこれら昔の犯罪映画（いまふうに言うとフィルム・ノワール）が大好きなのだという。図録のなかで依田さんは書いている。

「フィルム・ノワールの中で見ておくべき映画をひとつ挙げるとすれば、間違いなく『死の接吻』（一九四七年）でしょう。身の毛のよだつような、邪悪な悪漢を、ぼくの大好きな俳優のひとりのリチャード・ウィドマークが演じています。もう、彼の笑い方は忘れられません。ぞくぞくします」

うれしいではないか！　リチャード・ウィドマークが大好きな逢坂剛さんがこの文章を読んだら大喜びすることだろう。

フィルム・ノワールとは都市の闇である映画館で上映されるのがいちばんふさわしいのかもし

れない。その映画館がいま消えていっているのは寂しいことだ。

逢坂剛さんと、対談集『さらば愛しきサスペンス映画』（七つ森書館）を出す。『大いなる西部劇』（新書館、二〇〇一年）、『誇り高き西部劇』（新書館、二〇〇五年）に続くもの。

一九四〇年代から六〇年代にかけてのサスペンス映画のことを語り合った。逢坂さんなら『死の接吻』をはじめ『暴力行為』（一九四九年）、『殺られる』（一九五九年）、私の場合は『第三の男』（一九四九年）、『影』（一九五六年）、『スパイ』（一九五七年）などなど。

かなりマニアックな本で心配したのだが、幸いなことにすぐに再版になった。昔の映画を愛する人が健在なのはうれしい。

神保町シアターで『第三の男』が上映されたので万難を排して出かける。スクリーンで見るのは久しぶり。

いま市販されている『第三の男』のDVDはアメリカ側のプロデューサー、デヴィッド・O・セルズニック版だが、上映されたのは、本来のイギリス側のプロデューサー、アレキサンダー・コルダ版。

このふたつ、実は冒頭のナレーションの主語が違っている。セルズニック版の主語はジョセフ・コットン演じるアメリカ人の作家。それに対してコルダ版の主語はトレヴァー・ハワード演じるイギリス人の大佐（声を吹込んだのは、脚本を書いたキャロル・リード）。微妙な違いだが、物語の語り手がどちらになるかで映画の見方も変わってくる（すごくこまかいことだが）。
平日の昼間に見たのだが、場内はシニアで満員。昔の映画を大事に記憶しているファンは多いのだとここでも安心した。

（「東京人」二〇一三年一月号）

白秋と信時潔。

東日本大震災から二年近くになるというのに、関東と東北を結ぶ鉄道、常磐線は依然として全面復旧が成っていない。

二〇一二年十一月現在、広野（福島県）—原ノ町（同）間と、相馬（同）—亘理《わたり》（宮城県）間の二区間が不通のままになっている。

このあたり、常磐線は太平洋に沿って走っていた。海岸線と呼ばれていた。国鉄の蒸気機関車の機関助手を主人公にした映画、昭和三十三年（一九五八）に公開された江原眞二郎主演、家城《いえき》巳代治《みよじ》監督の『裸の太陽』には冒頭、太平洋沿いを走る常磐線の蒸気機関車の勇姿がとらえられている。

松林が見えるところを見ると、おそらく現在不通になっている四ツ倉（福島県）—久《ひさ》ノ浜《はま》間あたりだろう。いま見ると懐しい。海沿いに走る鉄道だったから、津波の大きな被害を受けた。さらに近くには原子力発電所がある。

十一月に、上野から、現在、開通している広野駅まで行ってみた。いわきまで特急で行き、そこで各駅停車に乗り換えて五つ目。
もともと小駅だが、震災のあと、いっそう小さく見える。駅からすぐ近くに海が見え、複雑な気持になる。海に近いから景色が良かった。逆にそのために大きな被害を受けた。「広野」の名は海まで広々とした田畑が続いていたから付けられたという。

「汽車」の歌碑（提供 広野町）

また、明治時代に作られた唱歌「汽車」の一番にある「トンネルの闇を通って広野原」は、広野の風景を詠みこんだという。駅前には「汽車」の歌碑が建っている（一九八二年に建立）。もっともこの説は異論もあるそうだ。

広野が出てくる短篇ミステリの名作がある。鮎川哲也『下り〝はつかり〟』（昭和三十七年）。シナリオライターが前妻を殺害する。アリバイに常磐線の下り〝はつかり〟が広野付近を走る写真を使う。

刑事二人が実際に広野に行ってみて、町を流れる浅見川に架かる鉄橋を見て、犯人のトリックを見破る。

写真にとらえられていたのは下りの〝はつかり〟ではなく、実は上りの〝はつかり〟だった。それが分ってアリバイ工作が崩れた。

〝はつかり〟は昭和三十三年に登場した、東京以北初の

特急はつかり C629 昭和35年10月（撮影 吉野仁）

特急列車。上野―青森間を走る。東北本線ではなく常磐線を走ったのは、常磐線は海沿いで急勾配がなかったため。この特急をミステリに登場させたのは、鉄道好きの鮎川哲也ならでは。

広野から再び常磐線の下りに乗り、いわき経由で水戸に出た。水戸市立博物館で開かれている鉄道写真展を見る。

「東日本大震災復興応援特別展――写真と映像で綴る鉄道史Ⅰ　疾風怒涛の時代　ハドソン驀進！」と題された写真展。

昭和三十年代の常磐線を走った蒸気機関車を中心に、日本各地を走ったSLの写真が多数展示されていて圧巻。懐しい。

「ハドソン」とは一九二〇年代にアメリカで作られた強力な機関車のこと。ハドソン河沿いに走ったのでこの名が付いた。日本では戦後、この型のC61、C62、C60が次々に登場し「ハドソン三兄弟」と呼ばれた。C62はとくに日本最大の機関車で、時速一〇〇キロを超えた。前述の常磐線を走った〝はつかり〟はこの「ハドソン三兄弟」によって牽引された。「三兄弟」というネーミングが面白い。

会場に展示されている写真の多くは鉄道ファンが撮影したもの。撮影者の名前がきちんとクレジットされている。皆さんもう高齢だろう。

会場にもシニアが多い。お祖父さんお祖母さんが小さな孫を連れて見入っている。蒸気機関車をはじめて見る孫に細かく説明しているのが微笑ましい。

常磐線は明治時代に常磐炭鉱の石炭を運ぶために建設された。蒸気機関車の時代とは石炭の時代でもあった。それがいまや原発があることによって鉄道も不通になってしまう。

この春、北原白秋を論じた『白秋望景』（新書館）を上梓した。一章を、昭和十五年（一九四〇）に演奏された交声曲《カンタータ》「海道東征《かいどうとうせい》」（作詩・北原白秋、作曲・信時潔《のぶときよし》）のことに当てた。この曲は紀元二千六百年の式典のために作られたため、また、作曲者の信時潔が戦時中によく歌われた「海ゆかば」の作曲者でもあったため、戦後長く封印されていた。

従来の白秋論でも「海道東征」に触れたものはほとんどない。『白秋望景』では思い切ってこの曲に一章を割いた。

というのは、二〇〇三年に東京の紀尾井ホールで演奏された「海道東征」をはじめて聴いて、その美しさに圧倒されたから。芸術はしばしばイデオロギーを超えてしまう。

信時潔（提供 信時裕子）

この十一月、千駄ヶ谷の津田ホールで開かれた「生誕125年 信時潔とその系譜」と題されたコンサートを聴きにゆく。「その系譜」とあるのは、信時潔が上野の東京音楽学校（現在の東京藝術大学音楽学部）の作曲の先生として多くの後進を育てたことによる。

片山杜秀著『音盤博物誌』（アルテスパブリッシング、二〇〇八年）によると、「信時楽派」というのが存在し、門下には橋本國彦、大中恩《めぐみ》、さらには小津安二郎映画の作曲家として知られる齋藤高順《たかのぶ》らがいるという。坂本龍一も信時楽派につらなるというから驚く。

コンサートは二部から成っている。信時潔とその門下によって作曲された曲で、一部は器楽曲、二部は歌曲。私など知らない曲ばかり。どの曲も素晴しい。改めて「海ゆかば」の作曲家として、その音楽を封印していいのかと反省させられた。

「海ゆかば」には不覚にも涙が出た。サムライ・クリスチャンの父を持つ信時潔にとって、この曲は粛然とした鎮魂曲、レクイエムとして作曲されたものだろう。

信時潔は戦後は一転して「われらの日本」など新しい日本を寿《ことほ》ぐ曲を作る。内面の葛藤はどうだったのだろう。

コンサートでは合唱団のメンバーが、歌と歌のあいだに信時潔の生涯を語ってゆく構成が新鮮だった。

小田原市に呼ばれ、北原白秋について講演をする。期せずして「信時潔とその系譜」を聴いた次の日だったので、コンサートの話、「海道東征」の話もした。

小田原は大正時代に白秋が住んだ町。小田原時代に童謡を作るようになった。ここで関東大震災にも遭遇している。

ゆかりの地ということもあって小田原市は白秋の故郷、柳川と提携しながら白秋を顕彰している。素晴しいこと。私の講演にはなんと、市長の加藤憲一さんがいらして熱心に聴いてくださった。杉並区と大違い。杉並区の阿佐谷は白秋終焉の地なのに、まったく顕彰しようとしない。図書館のサービスの悪さに代表されるように、杉並区は本当に文化行政が貧しい。

マイク・モラスキー『呑めば、都——居酒屋の東京』（筑摩書房）は、居酒屋好きには滅法面白い本。日本語で書かれている！

モラスキーさんは一橋大学の社会学研究科の教授（現在、早稲田大学に）。三十年以上、東京に住んでいる。ジャズも好きで『戦後日本のジャズ文化——映画・文学・アングラ』（青土社、二〇〇五年）でサントリー学芸賞を受賞している。

モラスキーさんは居酒屋好き。それも昨日今日のことではない。昭和五十一年（一九七六）に留学生として来日してから「まったく見知らぬ赤提灯ののれんをくぐることがひそかな趣味になった」というから、年季が入っている。

この本はよくある居酒屋紹介ではない（その部分もあるが）。居酒屋という日本独特の庶民文化を通して東京を語る。東京論になっている。「水の東京」ならぬ「居酒屋の東京」。

モラスキーさんは、はじめて日本に来たとき京成電車のお花茶屋駅の近くに住んだ。葛飾区。下町というより新下町。そのためか東京の町でもディープなところが好き。銀座や渋谷、新宿、六本木にはまず行かない。浅草にさえ行かない。それより中央線沿線、大井町、赤羽、十条、立石などを好んで歩く。

居酒屋に入る前にはまず、その町を歩く。町歩きをして夕暮れどきになると、これと見つけておいた店に入る。町歩きと居酒屋めぐりが組合わさっている。

だから居酒屋を語りながら、その町の物語にもなっている。視野が広い。そして東京の隅々まで実によく歩いている。

東京を語るのに競馬、競艇は避けて通れないと、府中、平和島にまで出かけてゆく熱心さには感嘆する。

居酒屋はフランスのカフェともイギリスのパブとも違う。イタリアのバールとも違う。日本ならではの素晴らしい文化なのだと、思いがけずアメリカ人の学者に教えられた。

細かなことだが、吉祥寺の超有名店Iが出て来ないのもいい。あの店は店員がいばっていて好きになれない。あの店をほめている本ばかりのなか、モラスキーさんがみごとに無視しているのはうれしい。

愛知県犬山の明治村に呼ばれ、永井荷風について講演をする。明治村ではちょうど「鉄道開業140周年記念 明治のりもの博」が開かれていて、新橋―横浜間を走った蒸気機関車や、日本最初の路面電車、京都市電などが公開されていた。

また展示建物のひとつ宇治山田郵便局舎では、さまざまな鉄道切手、絵葉書が展示されていたのも目を引いた。

もうひとつ思いがけない、うれしい驚きがあった。講演を聴きに来てくれた女性が、おみやげにギンナンをくださったこと。亡妻記に、家内はギンナンが好物だと書いたのを読んだため。その方がお住まいの愛知県稲沢市は、ギンナンの名産地という。

（「東京人」二〇一三年二月号）

荷風ゆかりの碧南市へ。

永井荷風は、本人があまり語らなかったが、三河国（現在の愛知県）の戦国大名、永井直勝の一族になる。

直勝は徳川家康に仕えた。荷風が終始、旧幕びいきだったのはこのためかもしれない。

直勝の出身地、愛知県碧南《へきなん》市の市立藤井達吉現代美術館で十二月に開かれた「碧南が生んだ戦国武将　永井直勝とその一族」展を見に行く（藤井達吉は同市出身の美術工芸家）。

東海道本線の刈谷駅から名鉄三河線に乗り、終点の碧南駅で降りる。思ったより小さな駅で、駅の周辺に商店は少ない。軒の低い家が並ぶ路地を歩くと突然、立派な建物が現われたので驚く。そこが美術館。

戦国武将の直勝は家康と豊臣秀吉が戦った長久手の戦いで手柄をたて名を挙げたという。

直勝の子の正直が荷風の生まれた永井家の始祖という。以前、名古屋市南区鳴尾町の西来寺にある荷風碑を見に行ったことがあるが、鳴尾は始祖の正直が住んだ土地。荷風の父、久一郎もここで生まれている。

荷風の母方、鷲津家は愛知県一宮の出身だし、意外なことに荷風は愛知県と縁が深い。

「永井直勝とその一族」展で、幕末に活躍した永井尚志《なおゆき》（一八一六―九一）という幕府の大目付などを務めた幕臣がいたことを知った。若年寄を務め、徳川慶喜の大政奉還の上奏文を作成したという。江戸開城後、榎本武揚と共に箱館で戦った。

なるほど一族にこういう人物がいたとは、荷風が旧幕びいき、薩長嫌いになるはずだ。ちなみに三島由紀夫はこの尚志の玄孫《やしやご》になるというから驚く。

岐阜県を走る明知《あけち》鉄道というローカル線がある。中央本線の恵那《えな》から出ている。大正村があるので知られる明智町まで行く盲腸線。

明知鉄道（提供 明知鉄道）

もともと国鉄だったが、平成三年（一九九一）に第三セクターになった。

昨年公開された映画、役所広司が奥さんに先立たれた「きこり」を演じる『キツツキと雨』（沖田修一監督）を見ていたら、この明知鉄道が出てきた。まだ乗ったことがない。急に乗りたくなり、碧南市で「永井直勝とその一族」展を見たあと、隣りの半田市で一泊し、翌朝、名古屋から恵那に出て、明知鉄道に乗った。

素晴しい鉄道だった。恵那から明智まで約一時間。一両の気動車が走る。ボックスシートがある。『キツツキと雨』で役所広司が「きこり」を演じていたので分かるように、沿線は山里が広がる。急勾配も多い。山里の美しさで知られるところなのだという。

幸い天気がよく、どこか懐しい里の風景に見入った。『キツツキと雨』に出てきた岩村駅は沿線のなかでは大きな駅で、乗客の半分くらいがここで降りた。駅には昔ながらの腕木式信号機が残されていた。


勝川克志という愛読している漫画家がいる。昭和二十五年（一九五〇）生まれ。こけしのような丸い子供たちの絵が特色。昭和三十年代、子供たちがまだ野や山で遊んでいた懐しい時代を好んで描く。

勝川さんの故郷が明知鉄道の沿線。なるほど、あののどかな村童と呼びたいような子供たちの世界は、この鉄道から生まれていたのかと納得した。

旅から帰って、勝川さんの少年時代を描いた『庄太』（さんこう社、二〇〇七年）を読み返す。まだ蒸気機関車が走る明知線、瓦屋根の岩村駅が描かれていた。

碧南市のあと半田市に出て一泊したと書いたが、実はこれが結構、大変だった。

旅の宿はだいたいビジネスホテルと決めているのだが、碧南市にはいいのが見当らない。半田市はミツカン酢の本社があるためか、大きなビジネスホテルがある。

そこで隣りの半田市に行こうと思ったのだが、隣りといってもあいだに大きな川のような海がある。バスがあるかと思ったが、ない。名鉄三河線に乗っていったん戻る感じで名古屋に出て、さらに別の名鉄河和《こうわ》線で半田に出るしかない。大まわりになる。

タクシーに乗れば簡単なのだが、旅先でタクシーに乗るのは楽をしているようで好きではない。町を歩きたい。昼食に入った食堂の人に聞くと、海の底を歩行者用のトンネルがあって半田に通じているという。

以前、関門海峡のトンネルを歩いたこともあるので面白そうだと思い、歩くことにしたのだが、これが大変だった。

まず、トンネルの入口に到達するまでの道が、歩行者のことなど考えていない大きな自動車道路で、歩いていて楽しくない。埋立地らしく工場や倉庫ばかりで殺風景。ようやく入口にたどり着いたが、トンネルは地下十階ぐらいのところにある。エレベーターはない。階段をいくつも下ってようやくトンネルにたどり着く。穴のような道が確かに半田のほうに通じているが、歩いている人など一人もいない。不気味。十分ほどで半田側に着いたが、そこでまた外に出るために、ゆうに十階はある階段を上らなければならない。

へとへとになってようやく外に出ると、目の前に、またしても倉庫だらけの殺風景な自動車道路が続いている。

難行苦行の末、半田市の町なかに着いたときは二時間を超えていた。六十八歳の人間にはさすがにつらかった。名鉄の駅の近くで見つけた居酒屋で燗酒を飲み、なんとか人心地ついた。居酒屋の人に「碧南からトンネルを歩いてここまで来た」と言ったら、「そんな人、普通いませんよ」とあきれられた。

半田は『おじいさんのランプ』や『ごんぎつね』で知られる童話作家、新美南吉の故郷。その生家など見たかったのだが、さすがにもう歩く元気はなかった。

これに比べれば一昨年（二〇一一）の3・11に、京橋から四時間かけて杉並区成田の自宅まで歩いた時のほうがはるかに楽だった。

北海道釧路の湿原が見渡せる高台に小さなラブホテルがある。二階建て。部屋数は六つしかない。どこか隠れ家のような雰囲気。

桜木紫乃の新作『ホテルローヤル』（集英社、二〇一三年）は、このラブホテルをめぐる七つの短篇から成る。ホテルにやってくる客、働く従業員、経営者の娘、アダルト玩具販売の営業マン。さまざまな人間が町はずれの小さなホテルを通してつながっている。一種のグランドホテル形式。

町はかつては炭坑と漁業で栄えたが、いま次第にさびれていっている。駅前の商店街はシャッター通りになっている。寺も檀家が少なくなっている。「本日開店」は、大黒と呼ばれる住職の奥さんが、檀家を減らさないように、ホテルで檀家の老人たちの相手をする話。つらい話なのに湿ったところはない。桜木紫乃の描く女性は、いつも自分のことを他人のように見ている乾いたところがあるが、この主人公も老人たちとの関わりを家事のように淡々とこなしてゆく。冬の厳しい土地で生き抜いてゆくにはこのくらいの強さがなければならないのだろう。

「バブルバス」は、狭いアパートで二人の子供と舅《しゅうと》と息をひそめるようにして暮している中年の主婦が、あるとき、思いがけず五千円の金が浮いたので夫とはじめてホテルに入ってみる。「いっぺん、思いっきり声を出せるところでやりたいの」という言葉が切ない。

六十歳を過ぎた女性がホテルの清掃員としてただ黙々と働く「星を見ていた」も、格差社会の片隅にいる女性を見つめる作者の目の厳しさと優しさが溶け合っていてほろりとする。

ホテルは男女の性があらわになる。むきだしになる。それでいて社会からは隠された寂しさがある。ホテルをただ性欲の場として描いた小説は数多いが、生きる悲しみがにじみでる暮しの場としてのホテルに着目した小説は珍しいのではないか。

このラブホテルもいまはもうなくなったようだ。冒頭の「シャッターチャンス」は、すでに廃墟になったホテルに恋人たちが写真撮影に来る。そこから時間がさかのぼってゆき、最後の「ギフト」は、中年の看板屋が思い立ってラブホテルを始める話。廃墟から始まり、開店で終わる。時間の流れが逆になっている構成が面白い。それだけにいっそう盛りを終えて廃墟になった寂しい風景が際立つ。


一人暮らしになってから、暮れと正月は毎年、どこかに出かけていたのだが、今年は、部屋のなかが物置状態になってしまっているので、意を決して大掃除に費した。といっても結局、半分も片づかなかったのだが。

二日はあまりに天気がよかったので初詣に出かけた。行き先は『男はつらいよ』のファンなので葛飾柴又の帝釈天。予想していたよりも人出が多かった。

お参りをしたあと、参道にある川千家《かわちや》に入った。山田洋次監督の新作、小津安二郎にオマージュが捧げられた『東京家族』では、田舎（瀬戸内の大崎上島）から出て来た両親、橋爪功と吉行和子を、次男の妻夫木聡が観光バスで東京案内をする。

小津の『東京物語』（一九五三年）では観光バスは、丸の内のオフィス街、皇居前、銀座を走ったが、『東京家族』ではバスは、秋葉原から東京スカイツリーの見える高速道路を走り、柴又に行く。新しい観光コースらしい。三人は柴又の川千家でうなぎを食べる。それに倣った。

柴又には昨年（二〇一二）の十二月に、「山田洋次ミュージアム」が開館した。従来ある「寅さん記念館」の隣り、葛飾区観光文化センターのなかにある。小さなところだが、山田洋次作品のフィルムを入れた缶が数多く展示されているのが、フィルムにこだわる山田監督にふさわしい。

『東京家族』は三度見たが、三度目にこんなセリフが心に残った。東京から故郷に戻った橋爪功が、東京にいる子供たちに怒ったように言う。「東京には、二度と行かん」。考えさせられる。

（「東京人」二〇一三年三月号）

死者の尊厳。

松本恵子（一八九一―一九七六）という翻訳家がいた。まだ女性の翻訳家が珍しかった戦前から活躍、戦後もアガサ・クリスティなどの紹介に力があった。

私などの世代がクリスティを読んだのは松本恵子訳でだった。いまも手元に松本訳の『青列車殺人事件』や『情婦』（共に角川文庫）がある。

A・A・ミルンの『クマのプーさん』は石井桃子訳がよく知られているが、松本恵子訳もある。昭和十七年（一九四二）に新潮文庫から出ている。『プー公横町の家』という邦題が面白い。他にウェブスターの『あしながおじさん』やオルツィ夫人の『紅はこべ』も訳している。『あしながおじさん』はいまも新潮文庫で健在。

この人は戦前にミステリも書いていた。それを集め、二〇〇四年に論創社から『松本恵子探偵小説選』が出版されて、話題になった。当時、「毎日新聞」に書評を書いた。この本に解説を書いているミステリ研究家の横井司氏によれば、日本最初の女性ミステリ作家だという。ただ、大正、昭和前期は女性がミステリを書くのははばかられたため男性の名前で発表していたので、その存在が知られていなかった。

函館生まれ。大正のはじめ、現在の青山学院で英語を学び、卒業後、ロンドンに赴任することになった貿易会社社員一家に付いて（子女の家庭教師として）、三年間、彼の地に滞在。そこで留学中の英文学者、松本泰《たい》（一八八七―一九三九）と知り合い、結婚した。

松本泰もミステリを書いた。論創社からは『松本泰探偵小説選』全二冊が出版されている。夫婦揃って日本のミステリの発展に貢献している。

「谷戸に文化村があったころ――探偵作家　松本泰・松本恵子と文士たち」展の展示風景
（提供 中野区立中央図書館）

十二月から一月にかけて中野区立中央図書館で「谷戸《やと》に文化村があったころ――探偵作家　松本泰・松本恵子と文士たち」展が開かれた。

実にいい企画。よくぞこの二人を顕彰してくれた。

「谷戸」は二人が住んだ東中野の住宅地。ここには松本夫妻が中心になり文化サロンが形成されていた。長谷川海太郎（林不忘、谷譲次、牧逸馬）、小林秀雄、田河水泡、野尻抱影、大佛次郎らが行き来した。

ちなみに田河水泡が小林秀雄の妹、高見

沢潤子と結婚したときの仲人は松本夫妻。

展示は小規模なもので図録も作られていなかったが、松本夫妻研究の端緒になるのではないか。

松本泰と松本恵子に興味を持ったのは、松本泰が慶応で永井荷風に学んだと知ってから。『断腸亭日乗』にはしばしば松本泰の名前が登場する。

大正十二年五月二十五日「松本泰端書を寄す」、大正十三年七月十五日「松本泰来談」。人付合いのよくなかった荷風も、若い教え子には心を開いたのだろう。松本恵子も岩波版『荷風全集』の月報に、夫の泰が銀座のカフェ・タイガーで荷風先生に会ったときの思い出を書いている。

松本夫妻についてはさらに調べたい。最近、天文好きで知られる若いタレントの中川翔子が松本恵子の親族と知り、驚いている。

君塚良一監督の『遺体 明日への十日間』を見る。東日本大震災で犠牲になった人たちを弔ったおくりびとたちを描く映画で、見るのははじめ、かなり勇気がいったが、見ているうちに次第にひきこまれ、厳粛な感動を覚えた。

話題になった石井光太のノンフィクション『遺体――震災、津波の果てに』（新潮社）をもとにしている。

よくぞこの本を映像化したと思う。数多くの遺体を映像で見せないといけないのだから。何よりも遺族の気持を考えれば「これを映画にしていいかどうか」が大きな問題になる。君塚良一監督は、舞台となる岩手県釜石市に行き、遺族に会った。ひとりでも映画化に反対する人がいたら映画化をやめようと思っていたという。それだけの覚悟のうえで作られている。

大半の場面が釜石市の高台にある遺体安置所（廃校になった中学校の体育館）。ただ、さすがに現地ではなく群馬県の高崎市で撮影されたという。

市の職員をはじめ、消防署員、消防団員、医師ら普通の市民が、次々に運びこまれてくる遺体に接する。肉体的にも精神的にも大変な仕事だったろう。

若い市の職員たちは動揺を隠せない。ただ呆然とする。そんななか、以前、葬儀社で働いていたという初老の男性（西田敏行）が率先しておくりびとになってゆく。

ビニールに包まれた遺体を丁寧に床に並べてゆく。まるで生きている人間に対するように話しかける。それを見て、若者たちも働き始める。

主演の西田敏行をはじめ俳優たちも「演技」するのがつらかったのではないか、苛酷な現実を考えたら「うまい演技をしよう」という考えなど消し飛んでしまうに違いない。

だからなのだろう、君塚良一監督は俳優たちに演技を要求しなかったという。

「俳優さんには台詞が言えなかったら台詞を言わなくていいし、泣きたかったら泣いてもいい、逆に泣かなくてもいい。叫んでもいい。もしその場から逃げ出したいと思うなら逃げてもいいと伝え、かなり自由に演じてもらいました。ただ、とにかく嘘の反応だけはしないでほしいと」

この言葉にも、死者の尊厳を大事にしたいという思いが感じられる。

天竜浜名湖鉄道（提供　天竜浜名湖鉄道）

おくりびとたちの懸命な働きによって「死体」が「遺体」になってゆく。観客が次第に映画のなかにひきこまれてゆくのも、そのためだろう。死を前にして人は厳粛になる。

繰返すが、よくぞ映画化したと敬服する。

撮影中のスタッフ、キャストの緊張感は大変なものだったろう。それを乗り越えてこれだけの作品を作った。静かに拍手を送りたい。

寒い日が続く。暖かいところに行きたいと思い、一月はじめ静岡県のローカル線、天浜《てんはま》線に乗りに行く。東海道線の掛川と新所原《しんじょはら》を結ぶ。東海道線のバイパスの感がある。正式名は、天竜浜名湖鉄道。

この鉄道は随所に木造駅舎を残していることで知られる。扇形車庫や転車台が残っている駅もある。走る昭和三十年代。

緑の多い田園地帯を一両だけの気動車が走る。

天竜川に架かったトラス橋から眺める川の風景や、奥浜名湖の湖の風景はいつ見ても素晴しい。湖に近い気賀《きが》の町は、浜松市で生まれ育った木下恵介監督が戦時中に身を寄せていたところ。木下恵介の弟子の川頭《かわず》義郎監督の秀作（若尾文子がきれいだった！）『涙』（一九五六年）に気賀の町が出てきたことを思い出す。

静岡県はさすがに暖かい。日の光を浴びて車内はサンルーム状態になる。東京の寒さをしばし忘れる。

中公文庫の正宗白鳥『文壇五十年』を読む。文庫で正宗白鳥（一八七九―一九六二）が出るとは珍しい。いまやもう語る人もいないと思っていたが。

明治、大正、昭和の三世を生きた。藤村、漱石、鷗外を同時代に読み、戦後も活躍し、昭和三十七年（一九六二）に死去した。全集も出ているが、この人の代表作は小説よりむしろこの『文壇五十年』かもしれない。

近代文学史をそのまま生きたような人。文学、作家の変遷を見ている。「明治の文学者は概して貧乏であった」という言葉が切実。二葉亭四迷は死んだとき、負債もなかったが、一銭の貯蓄もなかった。樋口一葉が若くして死んだのも貧しさゆえ。島崎藤村は姪との関係に苦しみ、日本を逃げるようにパリに行ったが、帰国の費用を捻出するのに苦労した。そんな作家たちの貧乏話が語られている。

貧しかっただけではない。社会的地位も低かった。「小説書きになる事は、以前は父兄に喜ばれなかった」。それが変わってくるのは第一次世界大戦のあとだという。

菊池寛をはじめ、芥川龍之介、里見弴《とん》、佐藤春夫など若い作家たちは、「私などの目には空前なはでな存在として映っていた」。

明治の頃は、作家が死んでも新聞に大きく報じられなかったというのも意外。「当時は文人の生死なんかは、一般新聞読者には注目されなかったのだ」。そうだったか。

文人の病死が新聞記事として重々しく取扱われたのは大正五年（一九一六）の夏目漱石にはじまるそうだ。こういうことは、やはり同時代に生きていた人でないとわからない。

作家が貧乏を脱するのは昭和初年の円本ブーム以後だろう。正宗白鳥もその恩恵にあずかった。ホテルで改造社の円本の印税を受け取ったとき、その領収書を覗き見た従業員が「文学者は貧乏と思っていたら、案外金の入るものらしい」と言ったというのが笑わせる。

白鳥は円本でうるおったのだろう、二度もヨーロッパ旅行をしている。もっとも白鳥は岡山の地主の息子だったから金の苦労はしなかったらしい。大磯の自宅から東京に出てくるときはいつも帝国ホテルに泊っていた。こんな作家はそうはいなかったのではないか。

紀尾井ホールで開かれたコンスタンチン・リフシッツのリサイタルに行く。ベートーヴェンの最後のピアノ・ソナタ、30番、31番、32番。ベートーヴェンのなかではいちばん好きな曲。リフシッツの演奏は素晴しく、32番の終盤の美しさには自然と涙があふれた。

風邪が流行しているというのに会場は咳ひとつない。聴衆もいい意味で緊張していたのだろう。大拍手があったがアンコールはなし。あの32番を聴いたらそれでいい。

（「東京人」二〇一三年四月号）

学生時代の恩師逝く。

今年（二〇一三）は冬が厳しく、一、二月は旅に出かける元気がなかった。三月に入って少し暖かくなったので、最初の土曜日の朝、常磐線に乗った。行先は磯原《いそはら》、大津《おおつ》港《こう》、五浦《いづら》、平潟《ひらかた》。福島県と茨城県の県境、北茨城市になる。太平洋に面している。

上野から特急フレッシュひたち5号で高萩まで行き、そこから各駅停車に乗り換えて磯原で降りる。名前で分かるように海に近い。小さな駅舎を出て少し歩くと目の前に太平洋が広がる。

ここは童謡詩人、野口雨情（一八八二—一九四五）の出身地。海の近くに生家と記念館がある。野口家は廻船業を営み裕福だったようで、家は木造二階の立派なものだった。築百四十余年という。一方、生家近くにある記念館は海を背にしている。森繁久彌が主演した『雨情』（一九五七年、久松静児監督）という伝記映画があるが、このなかで森繁演じる雨情がよく歩いていた浜辺はこの磯原だろうか。

雨情が作詞した歌は数多い。「シャボン玉」「七つの子」「青い眼の人形」「赤い靴」「船頭小唄」「波浮《はぶ》の港」などなど。映画『雨情』では森繁が〽おれは河原の枯れすすき……と「船頭小唄」（作曲、中山晋平）を歌った。三十八歳、雨情が失意の頃の作という。

野口雨情生家・資料館（提供 北茨城市）

個人的に好きなのは「七つの子」。木下恵介監督『二十四の瞳』（一九五四年）で、川本松江という貧しい家の女の子が学校を途中で辞めて、高松のうどん屋で働くことになる。あるとき、十一人の子供たちが大石先生（高峰秀子）に連れられて高松に修学旅行に来る。松江はものかげから同級生たちの楽しそうな様子を見る。この時、画面に流れるのが、〽からす　なぜ泣くの……、「七つの子」（作曲、本居長世）。

『二十四の瞳』のこの場面は、いつ見ても涙が出る。子供の頃、『二十四の瞳』を見た時は、同じ川本なのでこの女の子がいちばん印象に残った。

磯原は海に面しているから3・11の時、津波に遭った。雨情記念館の二階には、その被害の状況が何枚もの写真で展示されていた。町の悲劇を忘れまいとする思いだろう。

旅から帰って、昨年出版された雨情の孫という野口不二子の『郷愁と童心の詩人　野口雨情伝』（講談社）を読んだが、冒頭、3・11のことが書かれていた。

五浦六角堂（提供 北茨城市）

雨情の生家は海岸から三〇〇メートルのところにあったから、当然、津波に襲われた。直撃を受けた。それでも幸いなことに壊れることなく、なんとか原形は保ったという。それから修復の努力がされているのだろう、二年後のいまは、言われなければそれと分からないほどきれいになっていた。

記念館のほうも幸い建物は無事だった。

磯原から海岸沿いの道を二時間ほど歩いて大津港に着く。漁業の盛んな港だが、ここも津波に襲われ、死者が出たという。営業を再開していた漁協の食堂で昼食をとったが、好天の土曜日ということもあって、家族連れでにぎわっていた。観光バスも見えた。港は少しずつ復興しているようだ。ただ、やはりこういう場所ではビールを飲む気にはならない。

大津港からまた歩いて五浦へ。岡倉天心が若き日の横山大観らと住んだところとして知られる。天心が思索したという海辺の六角堂は津波で壊されたが、昨年の四月に再建された。ここも若いカップルをはじめ観光客が何人も見られた。

小さなリアス式の美しい海岸になっている。三陸海岸と同じで、だからこそ被害が大きかったのだろう。

この日はさらに五浦の先（北）の平潟漁港まで行く予定だったが、磯原からずっと歩いてきてさすがに疲れたので断念した。やはり年齢《とし》を感じる。


年齢といえば、磯原に行く時に失敗をした。

上野から高萩行きの特急に乗ったのだが、終点まで行くのだからと安心して、水戸の手前の石岡あたりで眠ることにした。ところが不覚にも熟睡してしまい、高萩に着いても目が覚めない。ようやく気がついた時、列車はなんと駅で乗客を降ろしたあと引込線に入って停車していた。完全に置いてきぼり。大いに焦った。なんとか車内清掃の人に頼んで三〇〇メートルほど離れた駅に連絡してもらい、駅員に迎えに来てもらうことになった。

怒られるかと思ったが、いたって気のいい駅員で、「本来、車掌が車内点検をするんですが、すみませんでした」と頭を下げる。こちらも恐縮して「ご面倒をおかけして」と謝る。お互いに何度も頭を下げあった。シニアの一人旅は気をつけないといけない。

それにしても――、先日も地下鉄丸ノ内線で新高円寺から銀座に行く時、四谷三丁目あたりで眠ってしまい、気がついた時は銀座を通り越して御茶ノ水だった。情けない。

西行から永井荷風にいたるまで日本の男性にはひそやかな世捨人願望、隠棲趣味がある。と思ったら近年は、若い女性にもあるようだ。

木村紅美《くみ》さんの新作『夜の隅のアトリエ』（文藝春秋）は、世を捨ててしまう女性を主人公にしている。異色。年齢は三十歳を少し過ぎたくらいか。美容師をしている。

接客業なのに人と話をするのが苦手という一人暮しのこの女性は、知らない町で身を隠して生きたいと思っている。「仕事も名前も変えて、つきあいのあるすべての人のまえから、突然、予告なしに消える」ことを考えている。それを本当に実行してしまう。

年の暮れ、東京から北の町に行く。雪にとざされた海辺の町で暮すことにする。店主が一人で開いている小さな床屋の二階に部屋を借りる。店主の紹介で近所の連れ込み旅館の受付の仕事を始める。

若い女性がこういう世捨人小説を書くのに驚く。この主人公はさびれた町、すたれた建物に惹かれている。部屋を借りた床屋は、はやっているようには見えない。働くことになった旅館もラブホテルというよりも、時代から取り残されたような連れ込み。

町は猛吹雪で、息をひそめている。商店街はシャッター通りになっている。ひっそりとした白い町を路面電車が走る。あまり乗客は乗っていない。現実の町なのに幻想の廃市のように感じられる。冷えた感覚が読者を優しく包みこんでゆく。

濃い人間関係を描いた小説より、風景や場所が立ち上がってくる小説が好きなので、『夜の隅のアトリエ』は心に残った。こんな北の町を旅してみたい。

好んで読む三人の女性作家、角田光代、桜木紫乃、木村紅美に共通する特質がある。町の描写が丁寧なこと。読んでいて、知らない町、あるいは架空の町なのに行ったことがあるような既視感にとらわれる。

漫画好きの文藝春秋の編集者Aさんから「おすすめです」と、冬川智子『あんずのど飴』（小学館）を送ってもらう。

地方都市の共学の高校に通う女の子が主人公。大人になった彼女が同窓会に出るため十年ぶりに故郷に戻り、高校時代、親しかった女友達のことを思い出す。

思春期ものというと大半がラブストーリーになるのに、少女どうしの友情（と別れ）を描いているのが面白い。吉田秋生の『櫻の園』を思い出させる。

主人公の要《かなめ》は勉強が出来るが、どちらかといえば目立たない。というか目立ちたがらない。地味。一方、はるかは可愛い子で友達も多い。先にスカートを短かくしたのははるかのほう。恋愛にも積極的。

性格の違う二人が親しくなる。昼休みに一緒に弁当を食べる仲になる。要は、はるかの恋愛の聞き役になる。ヒロインと傍役の関係になっている。

親しくなってゆく二人だが、三年生の時にちょっとしたことから疎遠になってしまう。喧嘩別れというほどのことでもない。なんとなく気づまりになり、はるかのほうから離れてしまった。

思春期の繊細な感情が静かに描かれる。絵は描線がシンプルで全体にあっさりしている。いつも微風が吹いている雰囲気。

以前読んだ永井するみという作家のジュヴナイル『カカオ80%の夏』(理論社、二〇〇七年)の「あとがき」にこんな言葉があった。

「十七歳の頃、私にとって一番大切なのは、女友達でした」「恋人同士であれば、好きだよ、だとか、愛してる、などという言葉で、自分の気持ちを伝えたり、お互いの気持ちを確かめ合うこともできるけれど、女友達に対して、あなたのことが大好き、とても大事に思っているというのを伝えるのはとても難しい」

『あんずのど飴』は、この「とても難しい」ことをさらっと描き出している。

いい漫画を送ってくれたAさんに、お返しとして最近、気にいっている漫画、沖田《おきた》×華《ばっか》の『ハイスクールばっかちゃん』(小学館)を送る。

こちらは打って変わって明るいギャグ漫画。作者の高校時代の失敗談を次々に披露している。富山県の女子高の衛生看護科に通う。

先輩(女性)に一目惚れして付きまとったり、試験のカンニングに失敗したりと笑いの連続。脱力系といえばいいか、「ちびまる子ちゃん」が高校生になったら、こんな女の子になるかもしれない。玖保キリコを思わせるヘタウマ。二頭身のばっかちゃんが可愛い。

今日は一日、心から笑ったことがなかったなという日には、夜、寝る前にこの漫画を読む。明るい気持で眠れる。

ちょうどこの原稿を書いているさなか、中学時代の恩師、文化人類学者、山口昌男先生の訃報に接する。

最後に三鷹の病院にお見舞いに伺ったのは二週間ほど前。もう意識はなかったと思うが、「先生……」と呼びかけると、目を開けてこちらを見てくれた。

中学では日本史を習った。先生は漫画を読むのも描くのも好きで、授業はいつも黒板いっぱいに漫画で縄文時代の暮し（ときにヒゲオヤジが登場する）などを描いて行われた。あの頃の先生はまだ二十代だった。

先生、有難うございました。

（「東京人」二〇一三年五月号）

モダン東京に失われた風景を求める。

岩手県の花巻と釜石を結ぶＪＲ釜石線の前身は、岩手軽便鉄道。よく知られているように花巻に生まれた宮沢賢治は、この鉄道をモチーフに『銀河鉄道の夜』を書いた。

この釜石線に土沢《つちざわ》という駅がある。花巻から四つ目。東北新幹線は釜石線と交差して、そこが新花巻だが、そこからは二つ目。

土沢は昭和の画家、萬《よろず》鉄五郎（一八八五―一九二七）の出身地で、町には萬鉄五郎記念美術館がある（一九八四年開館）。

四月のはじめ、この美術館に行った。

土沢の駅は駅舎はあるが無人駅。町もひっそりとしている。日曜日ということもあって商店は閉まっているところが多い。小雨が降っているので人の姿もほとんど見えない。

こういう静かな町を歩くのは心落着く。鉄道の線路に沿うように小さな商店街がある。金物屋、衣料品店、美容院。瓦屋根の家もある。

花巻と遠野を結んでいた昔の街道だろう。賢治は『春と修羅』のなかの詩「冬と銀河ステーション」のなかで、この街道のことを「パッセン大街道」と名づけている。

商店街を右に折れ、小高い丘を少し上るとそこに美術館がある。館の前から町が一望できる。町は小雨に煙っていてどこか幻想的。雪はもうないが、桜は五月にならないと咲かないという。

お目当ての「裸体婦人」を見る。明治四十五年（一九一二）、東京美術学校（藝大の前身）の卒業制作という。上半身裸の女性が、赤い布を巻いて緑の草原に横になっている。当時としては大胆な絵。写実的な絵でもなかったから、教授たちの評価は低かったという。

しかし、今日では美術史的に重要な作品として評価が高い。最近出版された田中淳『太陽と「仁丹」――一九一二年の自画像群・そしてアジアのなかの「仁丹」』（ブリュッケ）という面白い美術史の本でそのことを知った。

ゴッホ、ゴーギャン、セザンヌらいわゆる後期印象派が登場したのは、一九一〇年のことだが、田中淳さんによればその新しい波はすぐに日本にも伝わり、その影響が「裸体美人」にあらわれたのだという。受容の早さに驚く。確かに「裸体美人」はゴーギャンの絵を思わせる。

「裸体美人」の隣りにあった「軽業師」という絵（一九一三年頃）も面白い。台の上に横になった男が両足で子供がなかに入っているたらいをぐるぐる回している。田中淳さんによれば当時、浅草で人気があった「江川一座」の曲芸だという。

この一座のことは北原白秋が詩に書き、竹久夢二や木村荘八らが絵に描いた。「江川玉乗り」の語は永井荷風『濹東綺譚』にもあるから、荷風も見たことがあるかもしれない。

萬鉄五郎の生家は花巻と釜石のあいだの土沢にあって、農海産物を取り次ぐ問屋として栄えた

萬鉄五郎記念美術館（提供　萬鉄五郎記念美術館）

という。賢治の「冬と銀河ステーション」には「あのにぎやかな土沢の冬の市日《いちび》」という言葉があるから、旧街道のあたりは昔はにぎわったのだろう。

いまは残念ながら人通りは少ない。これでは昼食をとるところがないかなと心配しながら商店街を歩いていたら一軒、きれいな小料理屋があった。

夜は居酒屋になるらしく日本酒の銘酒が並んでいる。まだ昼だったが、雨のなかを歩いて身体が冷えたので、田酒の燗酒をもらう。店の人は親切だし、料理（まぐろのづけ丼）もおいしい。花巻まで出ないと駄目かなと思っていたのでこれは意外だった。

そう、来る時、釜石線の車両でいい光景を見た。一両だけの汽動車で、客は私を入れて五人ほど。ほとんど老人だが、一人だけ女学生が乗っていて、この子が静かにレースの編物をしていた。なんだか宮沢賢治の童話から出て来たような女の子だった。

東京ステーションギャラリーで開かれている「生

誕120年　木村荘八」展を見る。

やはりまずは荷風『濹東綺譚』の挿絵を見る。いつ見てもいい。昭和十二年にこの小説が「東京朝日新聞」夕刊に連載され大好評を博したのには木村荘八の挿絵の力が大きい。

瓦屋根、物干台、日本髪で着物の裾をからげ素足をのぞかせる下駄ばきの若い女性（お雪）、畳の部屋に置かれた長火鉢、蚊帳、ボンネットのバス、そんないまでは失われた昭和の生活風物が私娼の町、玉の井を小さな桃源郷に見せている。

手元に『濹東綺譚画譜』という本がある（飯塚書房、一九七九年）。荷風の文章のほうを小さくし、荘八の絵を大きく見せた画譜。こういう本が作られるのも木村荘八の絵がいかに愛されているかを語っている。


今日、木村荘八といえば『濹東綺譚』のイメージが強いため、つい日本趣味の画家だと思ってしまうが、若い頃は得意の語学を生かして海外の最先端の画家たちを紹介したという。このことも田中淳さんの『太陽と「仁丹」』で知った。

後期印象派について論じた基本文献、C・ルイス・ハインドの *The Post Impressionists* を最初に訳したのは木村荘八だというから驚く（『後期印象派論』巽画会本部、一九一五年）。大正時代の荘八はモダンな美術青年だった。

荘八は東京生まれ。かつて文芸評論家の磯田光一が指摘したように、東京生まれの作家は荷風にせよ、谷崎潤一郎、久保田万太郎にせよ、おおむね保守派にならざるを得ない。自分の故郷が近代化で失われてゆくから。荘八もまた関東大震災と第二次世界大戦で東京が滅んだという意識が強く、失われた風景を求めた。新しい東京より古い東京を愛惜する。戦後の『東京繁昌記』では明らかに現在のなかに古い東京を求めている。良き保守派と言えよう。

木村荘八は猫好きで知られた。今回も林忠彦が撮った、画室で猫たちに囲まれて幸せそうな顔をしている有名な写真が展示されていた。

木村荘八の墓は杉並区和田の長延寺にある。女子美術大学のすぐ近く。わが家から歩いて三十分ほど。時折り墓参りに行く。

壬生篤『昭和の東京地図歩き』(廣済堂出版)を読む。

東京駅と丸の内、新宿、銀座、六本木、赤坂、原宿、渋谷、吉祥寺、浅草、さらにスカイツリーでにぎわう向島と押上。東京の主だった町を昭和三十年代と現代で対比しながら語ってゆく。地図、写真が多数入っている。壬生さんが昭和三十年代を取り上げるのは、言うまでもなく東京は昭和三十九年(一九六四)のオリンピックの前後に激変したから。

昭和三十年代といっても前半と後半では東京の町のありようは違っていたと壬生さんは言う。昭和三十年に墨田区で生まれた壬生さんは子供の頃を思い出し、昭和三十年代の東京は「明るく、華やかだったというイメージはほとんどない」という。「くすんだ木造の家が建て詰まったような町」。オリンピック直前の昭和三十八年に公開された山田洋次監督『下町の太陽』の主人公、倍賞千恵子が住む墨田区の橘銀座あたりの町並みを見れば確かにそういえる。

さらに壬生さんは続けている。

「赤褐色の貧乏臭い木造民家の連なり。タールで黒く塗られた鉄道線路の木柵。そのタールやクズ鉄のツンと鼻をつく匂い。雨が降れば泥んこになる未舗装の道。近所の鉄工所などから聞えてくる機械のうなり声やサイレン」

そんな町がオリンピックの前年頃から子供心にも変わったと感じるようになったと壬生さんは言う。この時代を知っている世代の多くが実感したことだろう。

引用した壬生さんの文章で思わず膝を打ったのは「タールで黒く塗られた鉄道線路の木柵」。そう、昔は鉄道の線路には必ずといっていいほどこれがあった。

荷風『濹東綺譚』の木村荘八の挿絵でも、東武電車の線路のところにちゃんとこの柵が描かれている。昭和十年代の風景が昭和三十年代まで続いていたことになる。

その東武電車がやがて高架になり、いま玉の井のすぐ近くにスカイツリーが建つなど、かつて誰が想像しただろう。


昨年（二〇一二）、漫画評論集『時には漫画の話を』（小学館）を編集してくれた小学館クリエイティブのYさんから俳句雑誌「塵風」（西田書店）を送ってもらう。

なぜ俳句の雑誌がと思って頁を開いたらなんと、つげ義春が撮影した写真が掲載されている。

私がつげファンなのを知っているYさんが送ってくれた。

「東京1966―73」と題されている。未発表だった写真という。東京オリンピックのあとの東京を撮っているのだが、うらぶれた感じの「場末」が多いのは、つげ義春ならでは。

新宿の新田裏《しんでん》あたりの専用軌道を走る都電（新宿―両国間の12番）、材木が浮かぶ墨田区の大横川沿いの町工場、荒川区の西尾久あたりの町工場や煙突、墨田区京島のセルロイド工場など。

壬生篤さんの言う「くすんだ木造の家が建て詰まったような町」がカメラに収められている。オリンピックのあとも東京の周縁にはまだこういう、つげ義春の漫画によく描かれるような町が残っていた。

松本竣介が描いたことで知られる新宿駅南口の石段下にあった公衆便所の写真もある。あの便所は本当に新宿の町で目を惹いた。

都電が走る京成町屋駅。都電の終点三ノ輪駅。新宿を走る都電の写真も含め、この時代の東京は、消えてゆく都電が走っていた最後の頃。つげさんの漫画にもよく都電が出てくる。都電あっての東京だった。

もう一枚、いい写真がある。

足立区千住関屋町。手前を東武電車の線路（の引込線と思われる）があり、線路脇の家では線路すれすれに洗濯物を干している。

そして線路の脇にはちゃんとタールで黒く塗られた木柵がある！　（「東京人」二〇一三年六月号）

車窓に誘われ、途中下車した福島、桑折の町。

新幹線に乗り慣れてしまうと、在来線の車窓風景の良さを忘れる。高架ではなく地上を走ることの多い在来線の眺めは確かに見通しは悪いが、逆に小さな駅や町のたたずまいが手を伸ばせば届くほどに身近に感じられる。

盛岡や仙台に行く時、新幹線で直行しない。福島で降りて在来線に乗り換えることが多い。時間はかかるが、ゆっくり車窓風景を楽しめる。福島県と宮城県の県境、東北本線、藤田駅と貝田《かいだ》駅間は高台をカーヴしながら走るので、右手に阿武隈川沿いの町の風景が一大パノラマになって広がる。みごと。中央本線、勝沼ぶどう郷駅と塩山駅間の甲府盆地のパノラマを思わせる。

藤田駅のひとつ手前に桑折《こおり》という小さな駅がある。福島県。福島駅からは三つ目。以前から気になっていた。列車から見ると駅も町の様子もこぢんまりとしていていい。

一度降りてみたいと思っていたが、なかなか機会がない。五月の連休のあと、宮城県の白石《しろいし》に出かけた帰り、予定を変えてここで途中下車してみた。予想以上にいい町だった。

平日の昼間、駅で降りたのは五人ほど。駅舎が小さいながら素晴しい。隣りの伊達駅は和風の

山小屋ふうの趣きのある桑折駅舎

明治16年に建てられた町のシンボル、旧伊達郡役所

奥州・羽州街道分岐点「追分」（以上、3点 提供 桑折町）

63　車窓に誘われ、途中下車した福島、桑折の町。

名建築として知られ、よく「駅舎百選」に登場するが、桑折駅も山小屋ふうで趣きがある。駅の開設は明治二十年（一八八七）と古い。伊達藩ゆかりの歴史がある町だからだろう。駅舎の正面は三角屋根で、その下は狭いながら東京では原宿駅で見られるようなハーフティンバー（組んだ木材が表に出る）になっている。しゃれている。

駅前は人の姿がほとんど見られない。広場はがらんとしている。よくある過疎の町かと思ったが、少し駅を離れるとちゃんと商店街があった。かなり長く（一キロ以上ある）、両側に個人商店が並ぶ。

酒屋、美容院、精肉店、和菓子屋、ハイヤー、時計店、花屋。それに食堂や寿司屋もある。昼食に困ることはなさそうだ。

在来線の駅の近くにこんなに個人商店の並ぶ商店街があるとはうれしい驚きだった。鉄道が好きといっても秘境駅にはあまり興味がない。駅を降りて商店街がある町がいい。商店街は千客万来で他所者でも違和感はないし、市場と同じでその町の暮しが感じられる。

商店街の突き当りには木造二階建ての古い洋館があった。時計塔のような塔屋も付いている。旧伊達郡役所。明治十六年（一八八三）に建てられたという。無論、その後、改修、修復がなされているのだろうが明治の洋風建築の原型をとどめている。美しい建物で、町のシンボルになっているのも分かる。

隣りには、種徳《しゅとく》美術館という、円山応挙や谷文晁などの日本画を集めた美術館もあった。

桑折の町は、江戸時代の仙台や盛岡に向かう奥州街道と、山形や秋田のほうに向かう羽州街道の分岐点（追分）として栄えたという。

町にはいまも古い蔵や石屋根の商家が残っている。古民家も目につく。板塀の続く小路《こうじ》もある。寺や神社も多い。軽便鉄道跡という標柱もあった。昭和のはじめまで小さな鉄道が走っていた。

町を少し離れると畑や果樹園が広がる。果物のなかでも桃は特産で毎年、皇室に献上されるそうだ。天気はいいし新緑は美しい。歩いていて楽しい。菜の花の咲く道を歩いていたら小学校があった。校庭で子供たちが赤と白に分かれて玉入れをしている。運動会の練習のようだ。

お母さんたちと一緒にしばらく見物する。生徒数は三百人ほどか。案外多い。玉を入れ終ったあと、籠に入った玉を「ひとーつ」「ふたーつ」と数える。この光景は昔と変らない。のどかな気分になる。

この日はかなり暑かった。ブルゾンもいらないほど。ビールが飲みたくなる。幸い、駅の近くに小さな食堂がのれんを掲げている。いまや次第に町から消えつつある昭和の駅前食堂。これにもうれしくなる。

旅先での楽しみのひとつは、昼間に一人で飲むビール。よく歩いたあとなので最初の一杯がうまい。主人が町のことを教えてくれる。江戸時代は銀山があったこと、町を流れる産ヶ《うぶが》沢《さわ》川では夏にホタルが見られること、明治のはじめ鈴木三元《みつもと》という人が二人乗り三輪自転車を発明し、それは今も三元車《さんげんしゃ》と呼ばれていることなど。

また、主人の話で、津波と原発の被害を受けた浪江町の住民がこの町に避難して来ていることも知った。

「東京人」の車窓風景の座談会に出席する。

会場は北区の王子。まず写真撮影。内田宗治さん、原武史さん、丸田祥三さんの三人と王子駅の北側、飛鳥山公園近くの音無橋の袂《たもと》で撮影する。その時、橋の向うの建物のあいだの緑地に気づいた。

なんだろうと気になったので座談会が終わったあと歩いてみた。

公園だった。それだけなら驚かなかったのだが、その公園の先にレンガ造りの大きな建物があった。大蔵省醸造試験所の建物（通称、赤レンガ酒造工場）で、明治三十六年（一九〇三）に建設されたと案内表示にある。

しかも驚いたのは設計者。妻木《つまき》頼黄《よりなか》（一八五九―一九一六）ではないか。東京駅を設計した辰野金吾、旧赤坂離宮（現在の迎賓館）を設計した片山東熊《とうくま》と並ぶ明治を代表する建築家。

現存する建物では横浜正金銀行本店（明治三十七年竣工、現在の神奈川県立歴史博物館）がある。何よりも日本橋の意匠装飾で知られる。

旧幕臣の子。だから薩長の時代に苦労した。北原遼太郎『明治の建築家・妻木頼黄の生涯』（現代書館、二〇〇二年）にはこうある。「技術官吏とはいえ、旧幕臣で旗本の子である頼黄は、これら薩長の藩閥とは一番縁遠いところにいた。いわば、明治政府の中枢からは一番離れたところに頼黄は位置していたのである」。

日本橋には、旧幕臣の子としての妻木頼黄の思いがよくあらわれていると、長谷川堯は名著『都市廻廊――あるいは建築の中世主義』（相模書房、一九七五年、のち中公文庫）のなかで面白い指摘をしている。

日本橋は実は表側、道路のほうより、日本橋川から見た裏側のほうが美しくデザインされている。そのために批判もされたのだが、長谷川堯は、これは旧幕臣の子の妻木が、薩長政府を象徴する「陸の東京」に対し、江戸以来の「水の東京」を大事にしたためだと推論する。戊辰戦争に敗れた側の人間の無念の思いが、日本橋には秘められていることになる。

妻木頼黄が設計した建物で現存するものは少ない。それだけにこの赤レンガ酒造工場は貴重。王子にこういう建物があるとは知らなかった。

天気はいいし、思わぬ建物の存在を知って気分がよくなったので、王子から十条まで歩くことにする。

滝野川で石神井川を渡り、中央公園にある文化センターの建物（昭和はじめに建てられた。昔の造兵廠の事務棟。北区に多い軍施設の跡地利用のひとつ）を眺め、その前の広い通りを歩き（ここは都内有数のきれいな通りだと思う）、埼京線の陸橋を渡り、東京家政大学の横を抜け、十条に出る。

十条と言えば斉藤酒場があまりにも有名だが一人では入りにくい店なので、十条では駅のそばのS食堂に入ることが多い。食堂兼居酒屋。メニューが豊富で安い。ここにはなんといっても湯豆腐ならぬ「あったか豆腐」があるのが面白い。豆腐を電子レンジであたため、かつおぶしとねぎをかけただけなのだが、これが案外おいしい。肴にしてビールを飲む。

精興社といえば活字の美しさで知られる印刷会社。とくに岩波書店の本は大半がここで印刷されている。

『荷風全集』は岩波から三度出ている。新しいほうが新発見の事実などが加えられていいのは分かっているが、手元にいつも置いているのは昭和三十年代の第一次全集。なんといっても精興社の活字の美しさが素晴しいから。オフセット全盛の時代には、もうこういう本は作られないかもしれない。

精興社は大正二年（一九一三）に白井赫太郎《かくたろう》によって創業された。奇しくも岩波書店と同じ年。ともに今年、創立百年になる。

田澤拓也さんから『活字の世紀――白井赫太郎と精興社の百年』（精興社ブックサービス）を送られる。百年を記念して出版される社史。

ちなみに社名の字は「與」ではなく「興」。一画少ないと縁起がいいからだという。当初は東京活版所といったように活字の美しさを大事にした。活字のもとになる種字を作る君塚樹石《じゆせき》という名職人の存在が大きかった。つげの木の駒に印刀で文字を彫りつけてゆく。そこから「精興社独特の細目の美しいタイプ」が生まれた。

平成八年に拙著『荷風と東京』を上梓したとき都市出版の粕谷一希さんにお願いして印刷を精興社にしてもらった。岩波の第一次荷風全集に倣いたかったから。粕谷さんは快く承諾してくれた。おかげできれいな本が出来あがった。

その時、精興社が青梅にあると知って、どうしてそんな遠くにと不思議に思ったが、この社史を読んで納得した。

白井赫太郎は青梅の出身で故郷を大事にしていた。青梅に工場を建て、近隣の農村の少年少女たちを大量に採用した。いまも本社は青梅にある。いいことだ。

ふだん秋葉原とはあまり縁がない。パソコンもしないし、アニメのこともよく知らない。

先日、電気製品を買う必要があり、久しぶりに秋葉原に行った。帰り、秋葉原から御徒町へ歩いた。途中のガード下に面白い一角があった。「2k540」といって若い人中心の工房がいくつも並んでいる。四年前に出来たという。知らなかった。

文房具、雑貨、服、帽子、食器などの小さな店が集まっている。市場のようなにぎわいを見せる。思わず足をとめてしまい、トートバッグとノートを買い求めた。気分が少し若くなった。

（「東京人」二〇一三年七月号）

上京者が出会う東京。

五月の北海道は素晴しい。

サクラやコブシ、ツツジが同時に咲き、新緑が美しい緑を見せる。遠くに雪をかぶった山が見える。

今年（二〇一三）の北海道の冬は例年になく厳しかったので、五月になって花が一気に開いたようだ。講演の仕事で旭川に行った。永井荷風や町歩きについて話したあと、主催の「北海道新聞」のIさんに車で市内を案内してもらった。

旭川は函館本線、宗谷本線、石北本線、富良野線が集中する鉄道の要衝だが、そのほかに市内には一九七三年まで旭川電気軌道（旭川電軌）という電車が二本、走っていたという。知らなかった。ひとつは、いま人気の旭山動物園近くまでゆく。もうひとつは隣町の東川町《ひがしかわちょう》まで。東京でいえば都電であり、郊外電車でもある。

東旭川公民館にはその電車が静態保存されていた。グリーンで前面が丸味をおびたしゃれたもの。車社会になって消えてしまったのが惜しまれる。

旭川電軌が走っていたという東川町は、写真甲子園が開かれる写真の町として知られる。小さ

北海道上川郡東川町の町並み（提供 東川町）

いながら緑が多く、町並みも清潔ないい町だった。

この町には上水道がないという。そういうと不便なところかと思ってしまうが、そうではなく、大雪山麓にあるため水が豊富で、あえて上水道を作らなくても各家庭がポンプで水を汲み上げている。きちんと豆腐屋もあった。水がいいからだろう。商店街の各店の看板が木彫なのも面白い。木工業の盛んな町でもある。

コメ作りも盛んで、田植えを終えたばかりの水田が広々としている。まさに水の町だった。

旭山動物園は二〇〇六年の夏、家内と最後に旅したところ。動物園でホッキョクグマやカピバラを見たあと、札幌在住の若い友人、画家の松本和伸さんの運転する車で、美瑛、富良野を走り、夜は、大雪山系の麓にある白金温泉に泊った。

今回、東川町のあと、この白金温泉に行った。森のなかのホテルが静かなたたずまいを見せている。

水田の中を走る水郡線常陸太田支線（提供　常陸太田市）

変わらぬ風景だった。あれからもう五年になる。早い。

北海道は近年、コメどころになっている。「ゆめぴりか」が知られる。寒い北海道でコメ作りが盛んになるとは昔は考えられなかった。

北海道の水田を見てひとつ気がつくことがある。本土より水の量が多いこと。水がイネの保温にいいのだという。田植えを終えたばかりの田が大きな池のように見えた。

北海道から帰ったあと、急に水田が見たくなり、水戸と郡山を結ぶ水郡《すいぐん》線に乗りに行く。田植えを終えたばかりの水田ほど美しいものはない。毎年、この季節になると水田を見に房総半島を走る小湊鉄道か水郡線に乗る。

今年は水郡線の支線（上菅谷―常陸太田）にする。本線から枝分かれした盲腸線。水戸から終点の常陸太田まで一時間足らず。沿線には水田が広がる。もう田植えが終ったところもあるし、ちょうど水を入れたばかりのところもある。

桜前線ならぬ田植え前線というものもあるのではないか。桜前線は九州から北海道へと北上するのに対し、田植え前線は逆に北海道から九州へと南下する。一度、田植えを追って北から南へ旅してみたい。

そういえば先だって九州のある町を旅したとき、農家の人がこんなことをいった。ここでは、田植えは山の田から里の田へと下に降りてくる、と。垂直の田植え前線だ。


常陸太田には久しぶりに来たのだが、駅舎が新しくなっていた。瓦屋根だった駅舎に変わって大きなレストランのよう。それでも線路はここで終わり。終着駅の雰囲気を残している。

常陸太田の町は駅から少し離れたところにある。それは珍しくないのだが、面白いのは町が丘の上に広がっていること。駅から十分ほど坂を上がると、古い町並みを残す商店街があらわれる。その名も鯨ヶ丘。

東京でいえば、港区の高輪商店街が馬の背のような丘の上にあるが、鯨ヶ丘はそれを大きくした感じ。蔵造りの商家があちこちに残る。丘の上だから店と店のあいだには路地のような細い坂が左右に下っている。寺も多い。木造のロッジ風の幼稚園もある。こういう町が残っているのはほっとする。


常陸太田から本線に戻る。郡山に出て帰るのだが、水郡線は郡山まで行く列車の本数が限られている。途中の常陸大宮で乗り継がなければならない。待ち時間が一時間ほどあるので町を歩いていたら大きな図書館があった。試みに検索機で自分の本があるかどうか調べてみたら、なんと十冊近く置いてあり、すっかりうれしくなった。いい町に違いない。

劇作家の別役実さんは昭和三十二年の春、長野県の高校を卒業し、大学受験のために上京した。以来、劇作家として立ち、家庭を持ち、七十五歳になる現在まで東京で暮している。『東京放浪記』（平凡社）は、その長い東京暮しを振返っている。上京者の見た東京が回想されてゆく。

東京に出て来て、はじめに暮したのは渋谷。母親が、恋文横丁にあったロシア料理店「サモワール」で働くことになり、大学受験のため浪人生活を送る別役さんも店の二階に住んだ。渋谷のあとは目黒（ここで結婚）、六本木（ここで子供が生まれる）、広尾、そして最後に永福町に落着く。転々としている。暮すことによって町と関わる。別役さんはずっと「小市民を主人公とする芝居」を書き続けてきたが、それは自身の上京後の住まいの変遷と関わりがあるかもしれない。別役さんには『移動』という、家族が家財道具をすべて大八車に乗せて転々としてゆく作品もある。

別役さんは早稲田大学を中退したあと、港区にあった東京土建という、町場の大工や左官、鳶《とび》などが作る労働組合の事務局で働いていた。事務員は五人ほど。この時、ホンダのカブに乗って区内を走りまわった。「町に住み、町の仕事をする」ことの充実感を覚えたことだろう。

面白い話がある。「職人の日当が決まった」というステッカーを町じゅうに貼ることになった。毎晩、ノリの入ったバケツをぶらさげ、電信柱に貼る。ある夜、それを警官に見とがめられ、なまじ黙秘権を使ったために、一晩警察に御厄介になった。

よく知られるように別役実さんの舞台装置はあっさりしている。ベンチとそして電信柱があるぐらい。何度も繰返されるうちにいまや、電信柱は別役作品のトレードマークになっている。それは若い頃のこの体験のためかと思ってしまう。


別役さんは原稿を喫茶店で書く。手書きだという。喫茶店が仕事場、書斎になる。当然、どの町にどんな喫茶店があるかを頭に入れておかなければならない。

町と喫茶店で関わる。居酒屋で町と関わる人間とは違っている（別役さんは酒を飲まない）。最近の東京では、長居出来る、しかもタバコが吸える「気前のいい喫茶店」が減ってきている。切実な問題だ。

編集者との打合せに使う喫茶店も、近年はいいところがなくなっている。もの書きの共通の悩みではないだろうか。


漫画家の西原《さいばら》理恵子は高知県の出身。武蔵野美術大学に入学して上京。キャバクラなどでアルバイトをしながら漫画家をめざした。

森岡利行監督、北乃きい主演の『上京ものがたり』は、この漫画家の青春時代を描いた可愛らしい映画。貧しくても、いつか漫画家になるという夢を持っている女の子の物語は、現代版『放浪記』の趣きがある。東京の町を歩くのが好きな人間には印象に残る場面があった。

女の子は男友達と一緒に暮すことになる。その若者が猫を拾ってくる。二人で可愛いがるが、猫は死んでしまう。二人で猫を埋めにゆく。お墓を作る。どこに行くかと見ていると、岩淵水門のところにある小さな島（ひそかに岩淵島と名づけている）。東京のなかでいちばん好きなところ。

昨年（二〇一二）、話題になったヤン・ヨンヒ監督の『かぞくのくに』に出て来た時にも驚いたが、映画のなかでこの島を見るのはこれで二度目。

女の子が住むのは立川あたり。モノレールが何度か出てくるが、多摩都市モノレールだろう。また、女の子が川べりにたたずむ場面があるが、昨年、「東京人」の仕事で歩いた残堀《ざんぼり》川が多摩川に合流するあたりのようだ。

三軒茶屋のシアタートラムで劇団イキウメの公演、前川知大《ともひろ》作、演出の『獣の柱～まとめ＊図書館的人生㊦～』を見る。面白い。

前川知大らしい近未来ＳＦ、侵略ものの形をとっている。そして物語の背後に、次第に３・11以後の現実が見えてくる。

現代（二〇〇八～一二年）と近未来（二〇九六年）が交差する。ある時、空から巨大な柱が落ちてくる。日本各地に柱が降り注ぐ。『２００１年宇宙の旅』のモノリスのようなその柱は、人々に不思議な幸福感を与える。同時に幸福にひたる人々を無気力にもしてゆく。柱は原発の比喩と考えていいだろう。

近未来の日本では、もう柱が世界を支配している。それでも高知県のある町では、農業を営む青年（安井順平）を中心に、わずかな人間たちが、柱に支配されない暮しをしようと試みている。

柱に支配された都市からその町に次々に「被災者」が逃げてくる。町では彼らの受け入れを拒むが、青年は最後に決心する。彼らを受け入れ、自分たちはまたべつのところに新しい農業の町を作ればいい。

淡い光のなかで安井順平が言う。

「いや、俺思ったんだよ。こうやって基礎作って（彼らに）やり方教えて、落ち着いたら全てを住民に任せて俺たちは去る。そうやってどんどん新しい自給自足の村を作っていくんだよ」

破壊の闇のなかにかすかにユートピアの光が見えてくる。一人立つ、安井順平の姿に涙が出た。演劇とは、水平の舞台の上に一人の人間が垂直に立つことの感動だと思う。

（「東京人」二〇一三年八月号）

「あじさい忌」に尾道へ。

六月末、林芙美子についての講演の仕事で尾道に行った。旅好きなので地方の講演は引受ける。よく知られているように林芙美子は女学生時代を尾道で過ごした。名短篇「風琴と魚の町」で書かれたように、行商人をしている義父と実母と三人で瀬戸内の町、尾道で暮した。

尾道はこの四十七歳で夭逝した作家を大事にしていて、命日（六月二十八日）を「あじさい忌」として顕彰している。今年は林芙美子生誕百十年になるので、とくに催しものに力を入れている。尾道に着いてすぐ、海を見下ろす山の上の尾道市立美術館で開かれている「林芙美子展」を見にゆく。

この美術館は、瀬戸内を眼下に一望できる千光寺公園にある。設計は安藤忠雄。大きな建物ではないが、海の見える別荘のよう。よくやって来る近所の猫が、名誉館長になっているというのが面白い。

以前、神奈川県三崎の白秋記念館に行った時、やはり館員が、よくやって来る猫を大事にしていたことを思い出す。猫を「野良猫」と言って排除するよりも、名誉館長にして迎えるほうがずっと好ましい。

講演とそのあとのディスカッションは林芙美子研究の第一人者、北九州市立文学館館長の今川英子さんと、作家で力作評論『石の花――林芙美子の真実』（筑摩書房、二〇〇八年）を書いた太田治子さんと一緒。

会場は商店街のなかにある尾道商業会議所記念館だったが、この建物が素晴しかった。大正十二年（一九二三）竣工。大正モダンと呼びたい、しゃれたもの。

林芙美子は昭和五年（一九三〇）に改造社から出版された『放浪記』で、一躍、人気作家になったが、翌六年に、故郷といっていい尾道に帰り、講演をした。

その場所が、尾道商業会議所。尾道は空襲に遭っていないので、当時の建物が幸いなことに残っている。また市は修復するなど大事にしている。関東大震災と東京大空襲に遭った東京に古い建物がないのと対照的。

以前、古本屋で昭和二十六年（一九五一）九月号の「婦人朝日」（朝日新聞社）を見つけた。その年の六月二十八日の午前一時に急逝した林芙美子の追悼記事が組まれている。

尾道時代、林芙美子の文才を認めた、尾道市立高等女学校（現在の尾道東高校）の先生、今井篤三郎が少女時代の林芙美子の思い出を書いている。

当時、林芙美子の家は「窮迫のドン底」にあったが、性格は明るく、「学校では朗かでクラスではいつも笑いの中心になっていた」と。意外な事実。

国語と作文は「ずばぬけていた」。逆に他の科目には試験の時、平気で白紙答案を出すこともあった。卒業式のあとには、「校門を出るや否や卒業証書をやぶってしまい、人々をびっくりさせたものだ」。

『放浪記』の作家らしい。林芙美子というと貧乏のイメージがつきまとい、本人もそれを意識して強調したが、大正時代に女学校をきちんと卒業しているのは決して極貧ではない。むしろ恵まれている。これは北九州で商売に成功した実父の援助があったからだろう。

今井篤三郎の追悼文にはさらに愉快なことが書かれている。

『放浪記』で人気作家となり、尾道ではじめて講演会を開いた林芙美子だが、当時はまだ「話もヘタで、わずか十分位で切り上げてしまった」。

当然、主催者は困った。その時、代役を務めたのが横山美智子。

この作家は現在では、出身地の尾道以外ではほとんど忘れられているのではないか。林芙美子より二歳年下。女学校の後輩になる。

昭和九年（一九三四）、「大阪朝日新聞」の懸賞小説に応募した『緑の地平線』が一等になり、翌年、同紙に連載され、大評判になった。

震災後の東京を生きるモダンガール（ダンサー）を主人公にした菊池寛ばりのメロドラマ。その後、少女小説を書くようになったため、現在では林芙美子に比べ忘れられた感があるが、林芙美子と同時代にこういう作家がいたことは記憶されていい。

「生誕110年 林芙美子展」より林芙美子の書斎机（提供 尾道市）

尾道商業会議所記念館（提供 尾道市）

尾道に行く時は新幹線で新尾道に出るのがいちばん速いが、それではつまらない。手前の倉敷か福山で在来線に乗り換える。帰りも在来線を使う。

尾道は小津安二郎監督『東京物語』（一九五三年）の舞台になった。両親（笠智衆、東山千栄子）がこの町に住む。最後、嫁の原節子は義母の死を知り、葬儀に出たあと、ひとり山陽本線に乗って尾道を去ってゆく。

尾道の行き帰りに在来線に乗るのは、この原節子に倣っている。

はじめて尾道に行ったのは平成九年（一九九七）。ＪＴＢ時代の「旅」の仕事で『東京物語』のロケ地を訪ねる旅だった。笠智衆と原節子が朝を迎えた浄土寺の境内から海を見た時は、感無量になった。その後、尾道に行くたびに浄土寺を訪れる。

大正のはじめ、志賀直哉は二年ほど尾道で暮した。『清兵衛と瓢箪』の町はそれと明示されてはいないが、尾道と思われる。阿川弘之の『志賀直哉』（岩波書店、一九九四年）によると、当時、尾道では瓢箪集めが流行っていて、志賀直哉はそれにアイデアを得たという。

小津安二郎は志賀直哉を敬愛していた。『東京物語』を尾道でロケしたのはその影響だろう。この映画の笠智衆の家には、よく見ると瓢箪がぶらさがっている。

戦前の東京に生まれた人はいまでも、「銀座四丁目の交差点」を「尾張町《おわりちょう》の交差点」、「東銀座」を「木挽町《こびきちょう》」と旧名で呼ぶ。その頑固さが少し羨ましい。

昭和十三年（一九三八）、木挽町に生まれた藤田三男さんの『歌舞伎座界隈』（河出書房新社）は戦前から戦後にかけて、少年時代を過ごした町の回想記。

木挽町は三十間堀と築地川のあいだ。銀座に接しているが、町の様子はまったく違ったと藤田さんは言う。老舗は少ない。一、二階建ての小振りの商店が多い。藤田さんの家は、祖父の時からの洋傘、ステッキ商。銀座の老舗に比べれば新しい。

木挽町は実は新しい、地方人の町なのだという。「ほとんどの住人は関東大震災後に流入した地方人である。祖父、父の友人、隣人たちもそのほとんどが地方出身者であった」。これは意外。それでも藤田さんは京橋小学校の出身だから郊外で育った人間から見れば純然たる東京っ子だ。

京橋小学校といえば、成瀬巳喜男監督『秋立ちぬ』（一九六〇年）で、乙羽信子が息子の大沢健三郎に、京橋小学校の前を通りながら得意そうに、「昔、かあちゃんが卒業した学校だよ」と言っている。信州から東京に出て来た大沢健三郎は母親の母校に入学することになる。この小学校も昭和三十七年（一九六二）に少子化のために統廃合されていまはない。

藤田さんが昭和二十二、三年ころに、夏、友人たちと三十間堀川で泳いだというのも羨ましい。当時、「川の水は信じられないくらいに澄み、近所の銭湯の湯船の水よりよほどきれいであった」。

この三十間堀川は、その後、成瀬巳喜男の『銀座化粧』（一九五一年）で描かれたように埋立てられ、跡地に東京温泉ができる。これもいまはもうない。

小さな商店が並ぶ木挽町でいちばん大きな建物といえば歌舞伎座。空襲で焼けたが、そのあと再建され、近年まで健在だったのは御存知のとおり。藤田さんは「東銀座歌舞伎座」ではなく、あくまで「木挽町歌舞伎座」という。さすが木挽町生まれ。

松井今朝子の新作『壺中の回廊』（集英社）は、昭和五年の東京を舞台に、歌舞伎の殿堂で人気役者が殺されるというミステリ。

この歌舞伎の劇場は、歌舞伎座と思われるが、殺人事件が起こる場所なので実名は控えたのだろう、「木挽座」と仮名になっている。無論、京橋区木挽町にあるから。まさに、木挽町といえば歌舞伎座だった。

歌舞伎座ができたのは明治二十二年（一八八九）、洋風の新しい劇場だった。その後、和風に改装され、これが火事で焼失。関東大震災後の大正十四年（一九二五）に再建。これがまた空襲で焼け、ようやく昭和二十六年（一九五一）に復興再建される。

変遷をたどれば、改装を入れると今年開場した新しい歌舞伎座は五代目になる。

『壺中の回廊』には、築地小劇場の新人女優も登場する。こちらは、大正十三年に開場した新劇の殿堂。イプセンやチェーホフの翻訳劇を上演する。この小説は、歌舞伎と新劇、新旧ふたつの芝居が対比的に描かれながら物語が進んでゆく。

「木挽座」で若手の役者たちが、旧弊な歌舞伎界を改革しようと立ち上がる。左翼運動が盛んだった昭和はじめの時代状況を踏まえている。

藤田三男さんの実家は前述したように洋傘とステッキを商う店だったが、戦後、ステッキの売れ行きはぱたりと止まってしまったという。時代を感じさせる。

夏目漱石の小説を読むと『こころ』の先生をはじめ主人公が散歩のときに必ずステッキを持っている。漱石自身もステッキを愛用した。

永井龍男は「ステッキと文士」という随筆のなかで、昭和のはじめ、銀座を散歩する文士はたいていステッキを持っていたと書いている。

「ステッキをたずさえない文士は一流でも一人前でもなかった」

いまもうステッキを持つ作家はいないだろう。Tシャツ、ジーンズとスニーカーにはステッキは似合わない。


（「東京人」二〇一三年九月号）

東北の鉄道の厳しい現実とバス。

東日本大震災の前まで岩手県に岩泉線《いわいずみ》というＪＲの小さな鉄道が走っていた。宮古の西の山間部を走る。

終点の岩泉には、近年、吉永小百合の観光ポスターで知られるようになった龍泉洞がある。山口県の秋芳洞《あきよしどう》、高知県の龍河洞《りゅうがどう》と並んで日本三大鍾乳洞のひとつ。澄んだ水をたたえた地底湖が三つ見られる。

盛岡と釜石を結ぶＪＲ山田線に茂市《もいち》という駅があり、岩泉線はそこから枝分かれしている。岩泉まで全長約三八キロの盲腸線。海側の三陸鉄道の小本《おもと》駅まで延ばす計画もあったというが実現しなかった。

開通は昭和四十七年（一九七二）。東北のなかでは新しい。すでに車社会になっているところに開通したから営業は苦しく、一日、四本しか走っていなかった。

こんどの大震災のあと、第三セクターの三陸鉄道は着実に復旧を進めているが、ＪＲのほうは復旧が遅れている。今後の見通しが立たない。

山田線の宮古—釜石間は不通のままだし、平成二十二年七月の土砂崩壊のため不通になった岩泉線もその後、復旧のめどは立っていない。このまま廃線になってしまうかもしれない。時刻表にはいまも載ってはいるのだが（バス代行）。

七月に旅の雑誌の仕事で三陸を旅した。

旅の途中、どうしても岩泉線がどうなっているか見たくなり、龍泉洞に行ったあと、宮古に出る前に、車で岩泉の町へ寄り道した。

岩泉町は町の規模は、太平洋岸から北上山地を横切って盛岡まであり、町としては本州有数の広さ。酪農が盛んで、龍泉洞で飲んだ牛乳やヨーグルトがおいしかった。

岩泉駅の近くには商店街があった。にぎやかとは言えないが、それでも瓦屋根の商店や立派な蔵があり、往時のにぎわいを思わせる。

手元に昭和四十一年版の「全国映画館名簿」（全国映画館新聞社）がある。それを見ると、当時、この町にはサカエ座という映画館があった。映画館があったのだからにぎやかな町だったと分かる。ちなみにこの映画館名簿を見ると、3・11の津波で大きな被害を受けた田老《たろう》（宮古市）にも大槌町《おおつちちょう》にも当時、映画館がある。現在の映画館衰退時代からは考えられない。

岩泉駅の駅舎が立派なのに驚いた。

一九七二年に開設されたのだからまだ新しい。山間《やまあい》の駅に不似合いなほどモダン。二階建て、横に長い。丸窓が付いている。リゾートホテルかレストランを思わせる。この駅舎が使われてい

JR岩泉線岩泉駅

岩泉町うれいら通り商店街。龍泉洞がある宇霊羅山（うれいらさん）にちなむ
（以上2点、提供 岩泉町観光協会）

ないのは、なんとも、もったいない。

ホームは一面だけ。単線で、一両だけの気動車の路線だからこれで充分だったのだろう。

岩泉線には鉄道好きにはよく知られた秋の風物詩があった。

秋、落葉が線路につもる。車輪が落葉で滑る。それを避けるためにディーゼル機関車が線路に砂を撒く。「落葉掃き列車」と呼ばれた。廃線になったらこの風物詩も消えてなくなるのだろう。


鉄道を語ることはいま盛んだが、地方の鉄道の実情は厳しいと、旅に出るたびに痛感する。

三陸鉄道は北リアス線、南リアス線ともいずれ全線開通するだろうが、問題は、その二線を結ぶ宮古—釜石間のJR山田線が不通のままなこと。そのために三陸鉄道が南と北で分断されてしまっている。

地元ではこんな声を聞いた。

山田線の宮古—釜石間を三陸鉄道にし「中リアス線」とする。

確かにそうすれば久慈（その先の八戸）から釜石、盛岡、さらに気仙沼まで鉄道で結ばれる。この考えを進めれば東北の太平洋側が一本の鉄道で結ばれることも可能になる。

鉄道好きには夢のような話。現実はといえば厳しい。たとえば旅の終りに宮古で一泊し、翌日、山田線で盛岡に出ようとした。ところが時刻表を見ると、宮古発九時三十分の快速リアスの次は、なんと十五時五十二分の普通列車。快速リアスをのがすと次は六時間以上、列車がない。これには愕然とした。

仕方がないのでバスにした。バスは一時間に一本走っている。もう「鉄道ではなく、バスに乗れ」の時代なのだろうか。

三陸鉄道北リアス線の田野畑駅近くの漁港に住む漁師からこんな話を聞いた。

「地震のあと津波が来ると分かったので山の上の神社に逃げた。それで助かった」

宮古の港近くに住む人もこういった。

「揺れたあとすぐ山の上の神社に逃げた」

神社に逃げて助かる。日本の神社は山の上に作られていることが多い。いざという時に避難場所になる。

建築家、槇文彦さんが名著『見えがくれする都市』（鹿島出版会、一九八〇年）で書いていたことを思い出す。

西洋の都市が「中心」を大事にするのに対して日本の村落は「奥」を大事にする。

山の上の神社とは、まさにこの日本に特有の「奥」ということになる。

国内旅行ばかりで海外旅行をほとんどしなくなった。外国がすっかり遠くなった。

そんな折り、池内紀さんの『消えた国　追われた人々——東プロシアの旅』（みすず書房）を面白く読んだ。

かつて東プロシアという国があった。ポーランドの東、リトアニアの西。ドイツ領だった。それが第二次世界大戦によって消滅した。どうなったか。

いまヨーロッパの地図を見ると、バルト海に面して不思議な一画がある。リトアニアとポーランドに挟まれた地がロシア領になっている。ロシアのいわゆる飛び地。

この本を読むまでこんな土地があるとは恥しいことに知らなかった。ここがかつて東プロシアだったところ。ドイツ人が約七百年にわたって国を作ってきた。

哲学者カントが住んだケーニヒスベルクはこの東プロシアの町。作家のホフマン、天文学のコペルニクスも東プロシアで暮したことがあるという。

ドイツ文学者の池内紀さんは、このヨーロッパの周縁にありながら文化が栄えた東プロシアの往時を振り返りながら旅をする。日本人がこの地を旅するのは珍しいのではないか。貴重な旅の記録になっている。

ヒトラーはソ連に備えたのだろう、東プロシアに「狼の巣」と呼ばれる作戦本部を作った。一九四〇年、未遂に終ったヒトラー暗殺が企てられたのはここだったことも知らなかった。トム・クルーズ主演の、この事件を描く『ワルキューレ』は見ていたのに。

一九四五年の一月、ソ連軍が東プロシアに侵入し、長い歴史を持つひとつの国が滅んだ。

東プロシアだけではない、隣りのリトアニアをはじめとするラトヴィア、エストニアのバルト三国もソ連の実質的支配を受けた。

ジャンヌ・モロー主演の『クロワッサンで朝食を』は原題を「パリのエストニア人」という。

ジャンヌ・モロー演じるパリに住む老婦人はエストニア人。詳しくは説明されていないがソ連の支配を嫌って亡命してきたらしい。

年齢《とし》を取って介護する女性が必要となり、故国のエストニアから中年の女性が介護の仕事にやってくる。ライネ・マギというエストニアの女優が演じている。彼女が素晴しい。大人の優しさ、賢さを持っている。もちろんはじめて見る女優。彼女に魅了され、エストニアという未知の国が少し近くなった。

監督のイルマル・ラーグもエストニア人だという。バルト三国の映画は珍しい。

そういえば三陸、久慈市は、琥珀の日本有数の産地として知られる。市の郊外の山間には琥珀博物館がある。そこを訪ね、展示されている数々の琥珀の美術品を見たのだが、そこで旧東プロシアとバルト三国は世界的な琥珀の産地だと知った。

琥珀の縁で久慈市はリトアニアのクライペダ市と姉妹都市になっているという。三陸を旅してバルト三国が近くなった。


前川知大《ともひろ》脚本、演出の舞台、カタルシツ『地下室の手記』を面白く見る。

ドストエフスキーの『地下室の手記』をもとにし、現代にアレンジしている。世の中とうまく調和することが出来ずに自宅の地下室にとじこもってしまった男が、外の世界を嘲笑し続け、ついには孤独地獄におちいってゆく。

ほとんどモノローグの芝居と言っていいだろう。前川知大の主宰する劇団イキウメの俳優、安井順平が、この地下室にとじこもってしまった男を快演している。二時間ほどの舞台だが彼に惹きつけられ、目が離せない。

ひきこもり、世捨人、あるいは、おちこぼれかもしれない。男は世間を罵倒し、嘲笑し、遠ざかろうとしながら、そのくせ、自分をこんな状態に追いやった世間にこだわり続ける。自分を無視した友人たちのことを気にし続ける。町で知り合った風俗嬢（小野ゆり子）のことも無視しようとしながらしきれない。人を傷つけては自分を傷つけ、孤独地獄の深みにはまってゆく。

ネットというものをまるでしないのでよくわからないが、男がパソコンで不特定多数の世間と交信し続けるのが面白い。舞台にネットの文字が表示される。姿の見えない世間との奇妙なダイアローグになっている。

自分を傷つけてゆくモノローグと、いびつなダイアローグ。そこからドストエフスキーの時代とは違った現代の荒涼、殺伐とした孤独が浮き上がってくる。

厖大なセリフを途切れることなく喋り続ける安井順平の演技には感嘆。アドリブはほとんどなく台本どおりというが、あれだけの量のセリフを一体、どうやって憶えるのだろう。まさに「8《パチ》8《パチ》8《パチ》」。

（「東京人」二〇一三年十月号）

北海道の過疎化と熱い赤羽。

北海道からまたひとつ鉄道が消えてゆく。

ＪＲの江差《えさし》線。道南、五稜郭（実質は函館）と日本海側の江差を結ぶ。このうち非電化の木古内《きこない》―江差間、約四二キロが来年（二〇一四）の五月に廃線になってしまう。

八月末、この江差線に乗りに行った。

朝、東京から新幹線で新青森へ。さらに海峡線に乗り替えて木古内で江差線に乗り込む。

木古内では二〇一五年、新函館まで開通する北海道新幹線が建設中。新しく生まれる鉄道と、消えてゆく鉄道が木古内駅で同居している。不思議な光景。一般に新幹線が開通すると、在来線の沿線がすたれてゆく。ここでもそれが起らないといいのだが。

車両は気動車が二両。ふだんは一両だが、夏休みなので鉄道ファンが多く、増結したのだろう。

木古内から江差までは駅が八つあるが、近くに温泉がある湯ノ岱《ゆのたい》駅以外はすべて無人駅。江差線は函館から江差に行くために敷かれた鉄道で、もともと途中に大きな町はないから仕方がない。

列車は人家の少ない山間《やまあい》を走る。無人駅の駅舎が車掌車改造のものなのは北海道らしい。一時間ほど走るとやがて日本海が見えてきて、終点の江差駅に着く。レールはここで終わり。文字通

天ノ川鉄橋を渡るJR江差線のキハ40（提供 JR北海道函館支社）

りの終着駅。

乗ってきた鉄道ファンの大半は駅で写真を撮ると、そのまままた同じ列車に乗って函館方向に折り返していってしまう。駅から町に出ない。乗客の数は多いのに町に観光客が来ないと町の人は嘆いている。

これはひとつには、町が駅からかなり離れていることも一因だろう。町まで歩いて二十分ほどかかる。しかも途中にかなり急な坂がある。結構、疲れる。

坂を下りきったところに町が広がっている。昔は、ニシン漁と木材（ヒバ）、北前船でにぎわった。北海道のなかではもっとも早く開けた。最盛期は三万人を超えた人口も、いまは一万人を切っている。北海道は海辺から開拓されていった。

江差には二十年ほど前に一度来ている。山田洋次監督「男はつらいよ」シリーズの第二十六作『寅次郎かもめ歌』（一九八〇年、伊藤蘭主演）が、江差と、日本海に浮かぶ奥尻島を舞台にしていて、そのロケ

江差いにしえ街道。昔風に再現された町並み（提供　江差観光コンベンション協会）

地を訪ねる旅だった。

　映画のなかでは渥美清の寅さんが江差の町で商売をする。町では「江差追分」の大会も開かれている。ただ、季節が秋ということもあって町はどこか寒く、寂しそうに見えた。

　奥尻島にも渡ったが、その旅の直後、一九九三年五月に大地震があり、島は津波で大きな被害を受けた（桜庭一樹の『私の男』に、このときの津波が描かれている）。旅の直後だったので驚いた。


　いま江差の町は、昔のにぎわいはないが、建物が昔風に再生され、きれいな町並みを見せている。パン屋や薬屋やはんこ屋も、擬古調の建物。それが昔ながらの廻船問屋の家屋とうまく調和している。

　電信柱とガードレール、それに広告の看板がほとんどないのも町を美しくしている。商店街が健在なのはうれしいこと。泊ったホテルもペンション風でこぢんまりとして良かったし、路地の奥にあった居酒屋も、さすがに魚がおいしく、いい店だった。

江差線が廃線になると、こういう町はどうなるのだろう。北海道を旅するたびに、過疎ということを考えてしまう。


桜木紫乃さんの『ホテルローヤル』が直木賞を受賞した。めでたい。釧路で生まれ、現在も札幌に近い江別に住む桜木紫乃さんはこれまで一貫して、北海道を舞台に作品を書いてきているが、その北海道は、ラベンダーとポプラの観光地ではなく、過疎の進む、さびれてゆく町ばかり。その寂しい風景が読者の心をとらえた。

新作『無垢の領域』(新潮社)も、駅前商店街から人通りが少なくなってゆく釧路を舞台にしている。釧路といえば原田康子の『挽歌』に描かれた町だが、『挽歌』が書かれた昭和三十年代のはじめは北海道全体がまだ石炭や漁業、林業などで豊かだった時代。

釧路も活気があり、『挽歌』には、戦後の十年間に人口が倍増し、「なお人が増えつづけている街」とある。現在からは考えられない。

『ホテルローヤル』では、舞台となる釧路の連れ込みホテルは結局は廃業してしまう。桜木紫乃は『挽歌』の時代とはかけ離れてしまった現代の北海道に生きている。次第に人口が減ってゆく町に生きる人々の孤独、悲しみを見据えている。

こういう小説が直木賞に選ばれるのはいいことだ。

市川市の文学ミュージアムで開かれている特別展「永井荷風――『断腸亭日乗』と『遺品』でたどる365日」を見る。

いつ見ても『断腸亭日乗』の原本の美しさには目を奪われる。メモ帳に覚え書きをし、次にノートに万年筆で下書きし、最後に、和紙に筆で清書する。荷風の文人趣味がよく出ている。原本そのものが一個の芸術品になっている。

戦時下、空襲が激しくなったとき、荷風は『断腸亭日乗』の焼失をおそれ、千駄ヶ谷に住む従弟、杵屋《きねや》五叟《ごそう》に原本を託した。五叟は万一のことを考え、その貴重な原本を知人の杵屋彌十郎の御殿場にある別荘に移した。そこは山の中の一軒家だったから、空襲に遭うことはなかった。

このことは五叟が荷風に相談せずにしたことだったが、五叟の家は昭和二十年五月二十五日の空襲で焼けたから、結果的にはこの判断がよく、『断腸亭日乗』は救われた。

御殿場への疎開がなければ、空襲で焼失していたかもしれない。秋庭太郎の『荷風外傳』（春陽堂書店、一九七九年）によれば、荷風自身は、こうした事情、彌十郎の好意、配慮を知らされなかったという。

市川市の「永井荷風」展を見ていて、大いに驚くことがあった。

市川市は永井荷風と共に、今井正監督『また逢う日まで』（一九五〇年）や成瀬巳喜男監督『浮雲』（一九五五年）などで知られる名脚本家、水木洋子ゆかりの地でもある。その関係でだろう、思いもかけない新聞の切抜きがモニター展示されていた。

昭和三十一年の「毎日新聞」の記事だが、当時、なんと成瀬巳喜男は水木洋子の脚本で『濹東綺譚』を映画化しようとしていたとある。結局は実現しなかったのだが、こういう企画が一度は立てられたとは知らなかった。実現していたらどんな作品になっていたか。

北区、とりわけ赤羽周辺がいま人気のある町なのだという。

内田康夫の、浅見光彦が活躍するミステリの新作『北の街物語』（中央公論新社）は、北区西ヶ原に住むルポライターの浅見光彦が、同じ北区に住みながら赤羽の町を知らないと、赤羽に取材に出かけるところから始まっている。冒頭にこうある。

「近頃、どういうわけなのか、赤羽界隈がちょっとしたブームなのだそうだ。ある雑誌の『東京の面白い町』という特集企画で、ベスト10の十位ぎりぎりに入った。これは地元の人間でさえ意外に思うほどの大抜擢だったのである」

「いこい」や「まるます屋」など、朝から開いている居酒屋があるからか、戦後のマーケットの名残りが感じられるからなのか、あるいは荒川と隅田川が分かれる岩淵水門あたりの風景がいいからなのか。

島田雅彦の新作『ニッチを探して』（新潮社）は、蒸発小説、都市放浪記として面白い。

東京の郊外に住む大手銀行の副支店長が、ある時、事情があって行方をくらます。妻と大学生の娘がいるのに蒸発してしまう。

その放浪の日々を描いている。東京のどこに姿を消すのか、興味津々で読んでいると、まず最初に足を向けたのは赤羽。

朝から開いている居酒屋で一杯やる。銀行員の時には考えられなかった自由を楽しむ。昼前なのにレモンサワーを三杯も飲んでしまう。この居酒屋、立呑みとあるから「いこい」のことだろう。「いこい」を出て次は、ご存知「まるます屋」へ。人気店なので、まだ早い時間なのに早くも満員で入れない。やむなくおでんのたねを売る「丸健水産」の店先で盛り合わせと缶ビール。いい気分になったところでこんどは東十条に足を延ばし、煮込みのうまい「埼玉屋」へ……と、蒸発した主人公は赤羽界隈を大いに楽しむ。居酒屋で「北区中毒」という客に会うが、島田雅彦さん、どうやら自身も赤羽が好きになったらしい。


一人暮しで猫が飼えないので、仕方なく猫の写真集や絵本をよく眺める。

はたさきこ『チャトやお呼びですか?——猫といつまでも』(小学館)は、札幌在住の七十代の主婦が描いた愛らしい猫マンガ。八コマでチャトという雌猫との日常がユーモラスに描かれている。茶トラだから「チャト」と名付けられた。いたずらはするし、わがままだが、そのすべてが可愛い。

はたさきこさんという主婦が、はじめ私家版で出版したところ、これが小樽の猫好きのあいだで話題になり、人気が出たという。

それで思い出した。

昨年(二〇一二)の六月、小樽に行った。小樽は北海道ではじめて鉄道が敷かれたところ。手宮線といい、現在は廃線になっている。

そこが遊歩道になっている。夕方、ひとりで歩いていたら、猫があちこちにいるのに気づいた。人なつこい猫たちで、立ちどまると、そばにやってくる。北海道では人間だけではなく猫も優しいとうれしくなった。

あとで聞いたら町の猫好きたちが地域猫にして、世話をしているとのこと。なるほど、だから猫マンガが人気になったのかと大いに納得した。

（「東京人」二〇一三年十一月号）

鹿児島行きの鉄道の車中にて。

九月に、かごしま近代文学館で林芙美子について講演をした。鹿児島市は芙美子の母、キクの故郷。実家は市内で漢方薬の店を開いていた。芙美子は戸籍上は、桜島の古里《ふるさと》温泉の叔父（キクの弟）の子供として入籍されている。一時、祖母の家に預けられ、市内の小学校に通っていたこともある。

女学校時代を過した尾道ほど知られてはいないが、鹿児島市も芙美子ゆかりの地で、文学館では「生誕一一〇年林芙美子展」が開かれていた。

東京から鹿児島まで飛行機で行けば簡単なのだが、例によって鉄道で行った。

といってもすべて新幹線では面白くない。博多から九州新幹線で熊本まで行き、そこから在来線で人吉《ひとよし》、吉松《よしまつ》、隼人《はやと》、そして鹿児島とまわることにした。朝、東京を発って、夜、鹿児島に着く。十二時間ほどの鉄道の旅になる。

車内でゆっくり本が読めるし、車窓の風景も楽しめる。人吉―吉松間（肥薩《ひさつ》線）には鉄道好きにはよく知られている日本三大車窓のひとつ、矢岳《やたけ》越えがある。

八代《やつしろ》―人吉間の列車は球磨川《くまがわ》沿いを走る。人家は少なく、右に左に見える球磨川の流れが目を楽しませてくれる。五年前の秋にもこの鉄道に乗った。その時は人吉で一泊した。小さな、静かな町だった。

今回は乗り継ぎだけで、残念ながら一泊する余裕はない。かわりに、車内で、人吉を舞台にしたミステリをふたつ読む。

ひとつは松本清張の短篇「詩と電話」(一九五七年)。若い新聞記者が人吉に転勤になる。地元紙に辣腕の記者がいて、事件のたびに特ダネを抜かれてしまう。その記者は電話交換手の女性と通じていて、警察の情報をいち早く知ることができた。若い記者はそれを知って女性に近づく。好短篇で、球磨川の流れる古い城下町の様子がよく描かれている。松本清張は九州時代に人吉を旅したことがあるのだろう。

人吉を舞台にしたもうひとつのミステリは鮎川哲也の短篇「ブロンズの使者」(一九六六年)。ある出版社が主催している新人文学賞を、人吉在住の公務員の作品が受賞する。ところがそれが活字になった時、同じ人吉に住む文学仲間から、自分の作品の盗作だという抗議の手紙が来る。そこで真偽を確かめるため、編集者が人吉に向かい、殺人事件に遭遇することになる。

「(肥薩線で)球磨川沿いに一時間あまり遡上していくと、四方をひくい山でかこまれた小さな盆地にたどりつく。それが人吉だった」

人吉に向かう肥薩線の車内でこういうくだりを読むと、味わいがいっそう深い。二大ミステリ作家の舞台に選ばれるのだから、人吉は魅力のある町なのだろう。

人吉から吉松行きの一両だけの気動車に乗り込む。この列車は、標高七三九メートルの矢岳を大ループとスイッチバックで越えてゆく。ちょうど出版されたばかりの鉄道好き必携の『日本鉄道旅行地図帳』(新潮社)の「九州 沖縄篇――大改訂2014」には、この矢岳越え(大畑《おこば》ループ)の大鳥瞰図が載っている。

連なる山のあいだを縫うように線路が敷かれている。O字型のループとZ型のスイッチバックが組合わされている。明治時代によくこんな複雑な鉄道を建設したと感嘆する。

矢岳を越えて夕方五時ごろに吉松に着く。ここで隼人に向かう列車に乗り換える。待ち時間が三十分ほどある。外に出ると、駅前の広場で小さな祭りが開かれている。テントの舞台で、町の若者たちが珍しいマンドリンの演奏をしている。「丘を越えて」や「琵琶湖周航の歌」などの懐しい曲。こんな小さな駅でマンドリンの演奏に出会えるとは。

吉松から隼人へ。隼人で今度は日豊本線に乗り換え、鹿児島に着いたのは夜八時過ぎ。鹿児島駅前から市電に乗り、天文館に行き、居酒屋に入り、ビールを飲んで、幸せな気持になった。

鹿児島の市電に乗るのは久しぶりだが、線路と線路のあいだに芝生が植えられていた。新幹線の開通に合せた緑化だろうか。全国でも珍しい。市電を大事にしていることがわかる。利用者が多いと聞いた。

大事にしているといえば猫。

日本三大車窓のひとつ「矢岳越え」（提供 JR九州鹿児島支社）

スイッチバックで山を越えてゆく気動車（提供 JR九州鹿児島支社）

翌日、講演の前に城山あたりを散歩していたら、こんな意の掲示板があった。「猫にエサをやったら、きちんと後片づけをしましょう」。これにはうれしく驚いた。杉並区の公園で見る「猫にエサをやるな」とは大きく違う。つまり、野良猫を地域猫として大事にしましょうと言っている。あとで文学館の人に聞いたら、実際、城山公園では地域猫が何匹もいると、携帯で撮った猫たちの写真を見せてくれた。地方都市のほうが余裕があっていい。

九月の終わり、新宿の紀伊國屋サザンシアターで、劇団民藝の公演『集金旅行』（高橋清祐演出）を見る。題名から分かるように井伏鱒二の小説（昭和十二年）の劇化（吉永仁郎脚本）。

荻窪のアパートに住む小説家（西川明）と、やはり住人、訳ありの女性、コマツさん（樫山文枝）の二人が、連れ立って西日本に集金の旅に出る。

小説家は、死んだアパートの主人のために、家賃を払わずにアパートを出てしまった元住人たちを訪ね歩いて、未払いの家賃を回収する。一方、コマツさんは、これまでつきあった何人かの男性たちから慰藉料を取り歩く。

岩国、下関、福岡、尾道、福山と二人は鉄道の旅をする。いまふうに言えば、ロード・ムービーならぬロード・ドラマ。旅好きには楽しい。

最後の福山は、井伏鱒二の故郷。

小説では、集金相手の文学青年が、福山の在。「私」とコマツさんは軽便鉄道に乗って万能倉《まなぐら》というところまで行く。現在の、福山と塩町を結ぶ福塩線の小駅。

一九九四年、ふくやま美術館で没後一年を期に、「井伏鱒二展」が開かれた。それを見に行った時、『集金旅行』のこの駅が見たくて、時間を作って福塩線に乗り、万能倉まで行った。小さなローカル駅だった。

そんなことを思い出しながら舞台の『集金旅行』を楽しんだ。

家に帰ってプログラムを読んでいたら、こんなことが書いてあって少し驚いた。

コマツさんは自由奔放な女性だが、一説にモデルは林芙美子だという。これは知らなかった。林芙美子は鉄道の旅が好きだったからありうるかもしれない。

よく知られるように『集金旅行』は昭和三十二年（一九五七）に松竹で映画化されている。中村登監督、佐田啓二、岡田茉莉子主演。この映画がヒットしたため、松竹では「旅行」シリーズが作られる。

私見ではこれが日本のロード・ムービーのひとつの核になり、のちの「男はつらいよ」シリーズにつながってゆく。その意味で井伏鱒二が映画界に果した功績は大きい。東宝の人気作品「駅前」シリーズも、井伏鱒二原作の『駅前旅館』（一九五八年、豊田四郎監督）から始まっている。

北海道の北見と池田を結んでいた第三セクターの北海道ちほく高原鉄道（ふるさと銀河線、前身は国鉄の池北《ちほく》線）が廃線になったのは二〇〇六年の春だった。

廃線の前年、二〇〇五年の夏に、札幌在住の画家、松本浦氏とこの鉄道に乗りに行った。一九八九年に国鉄から第三セクターになったばかりで、真新しい駅舎が多く、こういう鉄道がもう廃線になるのかと暗然としたものだった。

ＪＲ北海道はこのところ事故続きだが、もともと赤字路線を抱え、廃線は増え、職員の士気が上がらないのではないかと同情してしまう。土地は広大だし、冬は厳しい。保線などメンテナンスも並大抵の苦労ではないだろう。ＪＲ北海道の健闘を願っている。

題名に惹かれて、高田郁《かおる》『ふるさと銀河線――軌道春秋』（双葉文庫）を読む。九篇から成る短篇集だが、鉄道ものが多い。作者は鉄道好きなのだろう。

ふるさと銀河線が出てくるものが二篇ある。表題作の「ふるさと銀河線」は、まだこの鉄道が健在だった頃、沿線の陸別の町に兄と二人で住む中学生の女の子を主人公にしている。

高校進学を控えている。過疎化してゆく故郷の町を離れずに地元の高校に行くか、それとも町を出て帯広の高校に進むか。進路で悩む女の子がいじらしい。

「返信」は、息子を事故で亡くした老夫婦が、かつて息子が旅した陸別を訪れ、夜、息子を思いながら満天の星を見上げる話。しみじみとする。

息子が学生時代、陸別を旅したのは、ある映画を見て、その映画に出てきた陸別の木造駅舎のたたずまいに惹かれたから。

山田洋次監督『幸福の黄色いハンカチ』（一九七七年）。網走刑務所を出た高倉健が、夕張に帰ろうとして、北海道を車で旅行中の武田鉄矢と桃井かおりと知り合う。三人でカニを食べる場所が当時の池北線陸別駅前の食堂だった。

この陸別の木造駅舎も、その後、ふるさと銀河線になって新しい駅舎になったが、それもつかのま、鉄道は廃線になってしまった。

「お弁当ふたつ」という短篇もほろりとさせる。

子供の二人いる中年のサラリーマンが会社をリストラされてしまう。その事実を妻子に言えず、相変らず、妻の作ってくれる弁当を持って出かけてゆく。

あるとき、不審に思った妻が家を出た夫のあとをつけると、夫は房総半島を鉄道で二度もまわって一日を過ごしていることがわかる。

千葉から外房線で安房鴨川へ、そこでこんどは内房線に乗って千葉へ戻る。千葉から再び安房鴨川へ、千葉へ。半島巡りを二周する。

リストラになったサラリーマンが出勤のふりをする。小津安二郎監督『大学は出たけれど』（昭和四年）を思い出させるが、夫が鉄道に乗って一日を過ごすというのが面白い。最後、妻は列車のなかで夫と並んで弁当を食べる。

この二人なら、なんとか苦境を乗り越えることができるだろう。（「東京人」二〇一三年十二月号）

川を歩く楽しみと木琴の音色。

居酒屋人気と共に、朝から開いている居酒屋「いこい」や「まるます家」のある赤羽が注目されている。

私も時折り、赤羽のまるます家に出かける。人気店なのでいつ行っても混んでいるが、幸い回転が速く、少し待てば座れる。客が長居しないように気を使っているのだろう。

ここで少し飲んだあとは、北へ歩いて、荒川に出る。荒川と隅田川が分かれる岩淵水門のあたり。ここの土手から眺める水の風景はいつ見ても素晴しい。

隅田川がいまやビルに囲まれた人工の川のように見えるのに対し、大正時代に十年以上かけて作られた放水路の荒川のほうが自然の川を思わせる。

昭和のはじめ、永井荷風はこの荒川放水路の寂莫とした風景に惹かれ、何度も足を運んだ。随筆「放水路」（昭和十一年）や『断腸亭日乗』を読むと、放水路沿いに歩く荷風の孤影がくっきりと浮かびあがる。

荒川は、奥秩父の甲武信ヶ岳《こぶしがたけ》を水源に持ち、秩父盆地、関東平野を流れ、隅田川になる。

のちに、放水路の完成によって、岩淵で隅田川と分かれ、東京湾に注ぐようになった。河口は江戸川区と江東区の区境になる。

以前は荒川放水路と呼ばれていたが、河川法の改正によって昭和四十年（一九六五）に荒川が正式名になった。私などの世代には、昔の荒川放水路のほうがいいのだが。

全長一七三キロ。日本の河川では十五番目に長い。

この荒川沿いをすべて歩いた人がいる。

伊佐九三四郎《いさくみしろう》さん。山好きで、これまでも『奥多摩・奥武蔵の山々』『関東の名山』などの山の本の他、『幻の人車鉄道』という、かつて柴又あたりを走っていた、人間が車両を押す電車以前の人車鉄道についての面白い本もある。

伊佐さんはある時、荒川沿いを歩くことを思い立つ。東海道五十三次を全部歩く、あるいは、芭蕉のあとをたどって東北を歩くなどと同じ趣向。

もちろん、歩き続けたわけではなく、区切りごとに歩き継いでいる。驚くのは伊佐さんの年齢。昭和七年（一九三二）生まれというから七十歳を超えてからの試みになる。山登りをしていたから健脚なのだろう。

一昨年（二〇一二）の秋に出版された『大河紀行 荒川――秩父山地から東京湾まで』（白山書房）はその記録。

まず源流をめざす。甲州、武州、信州の三州にまたがる甲武信ヶ岳のなかに分け入る。渓流に沿って登ってゆく。滝を見ながら山道を歩く。原生林のなかで野営する。翌日、ようやく山の奥の「荒川源流点」の碑にたどり着く。

うれしくなった氏は、その碑を何度も撫で、源流の水割りで祝盃をあげる。微笑ましい。源流に来るのは、長年の夢だったという。

しかし、そこはゴールではなく、あくまでもスタート地点。「源流点」から大河紀行が始まる。七十歳を過ぎた氏が何日も、何日もかけて荒川に沿って歩く。

困難な旅に思えるが、川に沿って歩くのは伊佐さんにとって楽しいことだったのだろう。渓流から大河へと広がってゆく川の流れ、川沿いの村、宿場町、神社、寺、橋、あるいは鉄道の駅。川沿いの風景が目を楽しませてくれるから歩くことが苦にならない。

川は人と人をつなぐ。土地と土地をつなぐ。

秩父の三峰神社はお犬様（オオカミ）を祀る。この三峰信仰は、江戸で材木を扱う深川木場でも広がった。秩父で切り出された木材が荒川によって江戸に運ばれた結果だという。川が秩父と江戸を結んだ。近年、八高線に乗ってよく秩父に出かけるので、この本は、秩父の歴史を知るうえで学ぶことが多い。

二〇〇七年の七月に歩き始めて、伊佐さんがようやく荒川の東京湾に注ぐ河口にある「海からゼロ起点」にたどり着くのは、二〇一二年一月二十五日。四年半かけて歩いたことになる。「丸石を敷きつめた浜辺に下り水を掬ってウイスキー割り、マグカップを高だかと掲げてひとり

秩父を流れる荒川（撮影　伊佐九三四郎）

お犬様（オオカミ）を祀る（撮影　伊佐九三四郎）

乾杯する」

拍手！　壮健が羨しい。

まだ四十代の頃、利根川に沿って歩いてみようと思いたち、ある夏の一日、埼玉県の栗橋から妻沼《めぬま》まで約二五キロを歩いたことがある。朝から歩いて昼過ぎまで約七時間。比喩ではなく本当に「足が棒」になり、利根川歩きは、あっけなく挫折した。

『大河紀行　荒川』を読んだら、まだ元気なうちに伊佐さんに倣って荒川踏破を試みたくなる。

十月、マリンバ奏者で、日本では数少ない木琴奏者でもある通崎《つうざき》睦美さんの木琴リサイタルに行く（東京オペラシティリサイタルホール）。

モンティの「チャールダシュ」から、木琴演奏用に編曲されたモーツァルトの「ヴァイオリン・ソナタ　イ長調」や「クラリネット五重奏曲」などの名曲が続く。木琴でクラシックというのが新鮮。

木琴というと、どうしてもプリミティブな楽器という印象が強かったので、通崎さんの演奏には、木琴はこんなに豊かな音を出せるのかと驚いた。

現代の作曲家、伊左治直《いさじすなお》の「スパイと踊子」は、昭和初期、モダンガールが上海あたりで謎の事件に巻きこまれるという物語性を持った曲。久生十蘭の『魔都』や海野十三の『深夜の市長』を思わせる。

木琴を演奏する通崎さんが、ルイーズ・ブルックスのような魅力的な断髪なので、物語のなかのモダンガールに見えてくる。楽しい趣向。

最後に演奏されたのは、江文也《こうぶんや》の「祭ばやしの主題による狂詩曲」。江文也（一九一〇—八三）は台湾出身の音楽家。映画ファンならご記憶だろう。侯孝賢《ホウシヤオシエン》監督の日本を舞台にした作品『珈琲時光』（二〇〇三年）で、一青窈《ひととよう》演じる主人公が、その足跡をたどっていた。

映画のプログラムにある片山杜秀さんの解説によると、戦前、日本で学び、山田耕筰と橋本國彦に学んだという。一九八三年の死後に本格的評価が始まった。

こういう作曲家の曲を取り上げるのだから、通崎さんは意欲的だ。

日本の木琴奏者といえば平岡養一（一九〇七—八一）がいる。通崎睦美『木琴デイズ——平岡養一「天衣無縫の音楽人生」』（講談社）は、大先達への敬意のこもった評伝。数多くの資料を駆使した大変な労作で、これを読むと、平岡養一に対してと同時に、木琴という楽器にも惹きつけられる。

通崎さんは音楽だけではなく、文学作品にも目を通している。

例えば、明治時代、木琴は子どもの玩具と思われていたということを説明するために、森鷗外の名短篇「桟橋」（明治四十三年）を引用する。

「桟橋が長い長い。四筋の軌道が、縦に斜めに切っている鉄橋の梁に、長い桁と短い桁とが、子どものおもちゃにする木琴のようにわたしてある」

鷗外の「桟橋」に「木琴」の言葉があるとは。こういう細部をきちんと引用するのに感服する。あるいは、平岡養一の木琴演奏にピアノ伴奏をした宅孝二《たくこうじ》（一九〇四―八三）を語るときは、この年下のピアニストが永井荷風と交流があり、『断腸亭日乗』にその名が記されていることも見逃さない。

音楽の話だけにとどまらず、鷗外や荷風が登場することで世界が広がる。

平岡養一がミステリ好きで、泡坂妻夫の『11枚のとらんぷ』を気に入り、なんとか翻訳してアメリカに紹介しようとした、という話も面白い。

結局は実現しなかったが、このとき、平岡養一が共訳者としようとしたのが、付合いのあったジョン・ボールだったというのにも驚く。アカデミー賞を受賞したノーマン・ジュイソン監督、シドニー・ポワチエ、ロッド・スタイガー主演『夜の大捜査線』（一九六七年）の原作者である。

通崎さんは、京都に住む、着物好きのエッセイストとしても活躍しているが、知識が幅広い。ちなみに通崎さんの住む町の名は、天使突抜《てんしつきぬけ》。本当の町名だが、まるでフィクションのよう。高校時代、先生に「冗談はいいかげんにして、本当の住所を書きなさい」と叱られたという。

池袋の東京芸術劇場で、エリアフ・インバル指揮、東京都交響楽団のマーラー交響曲第六番「悲劇的」を聴く。いまマーラーと言えばインバル。

名演に圧倒されたが、オーケストラのなかに木琴奏者がいるのに気づく。通崎さんの演奏を聴いてから、木琴に目がゆくようになっている。

「ビッグコミックオリジナル」に連載されている村上もとかの漫画「フイチン再見《ツァイチェン》!」が単行本になった(小学館)。

日本の少女漫画家の草分け、上田としこ(一九一七―二〇〇八)の伝記漫画。

上田としこについては、以前、「東京人」で、ふなこしゆりさんが書いているが、昭和戦前から戦後も活躍した少女漫画の第一人者。村上もとかの『フイチン再見!』の第一巻は、その少女時代を描いている。

東京生まれだが、父親の仕事で、幼いときに旧満州のハルピンで育った。「東洋のパリ」と呼ばれた国際都市で、近所には、満州人、中国人、ロシア人など、さまざまな国の人間がいた。村上もとかは、子ども時代のとしこが、日常的に彼らと親しくしていた様子を描いている。

「フイチン」とは、上田としこの人気漫画だが、主人公は中国人の少女。としこの師の松本かつぢにも「ポクちゃん」という中国人の男の子を主人公にした漫画があるから、その影響もあるのだろうが、何よりも、としこが「東洋のパリ」で育ったことが大きい。こういう漫画が描かれ、日本の少女たちに広く読まれていたことを忘れてはなるまい。

村上もとかは名作『龍―RON』で、戦前の満映を描いているだけに、『フイチン再見!』も、昭和史に話が広がってゆくのだろう。

(「東京人」二〇一四年一月号)

自分だけの隠れ里や宝物。

よく中央本線に乗りに出かける。

高尾から各駅停車の大月行きや甲府行き、小淵沢行きに乗り、思いついた駅で降り、駅のまわりを歩き（ときにはひとつ先の駅まで歩き）、また、各駅停車に乗って高尾に戻ってくる。

中央本線で車窓風景がいいのはなんといっても、勝沼ぶどう郷駅から塩山駅のあいだの大パノラマ。列車は小高い山裾を走るから、広々とした塩山の町を見渡すことができる。

春の桃の季節が最高に美しいが、十一月に行ったときには、盆地は白い霧におおわれて、どこか神《かむ》さびた趣きがあった。

もうひとつ風景がいいのは、鳥沢―猿橋間にある、桂川に架かる新桂川橋梁。真下に桂川と田圃が見える絶景。いまは走らなくなってしまった高千穂鉄道の日本一高いといわれた高千穂鉄橋の小型版の感がある。

中央本線には、本線にもかかわらずいまや駅員がいなくなってしまった無人駅がいくつかある。

高尾から甲府までのあいだには、梁川《やながわ》、笹子、東山梨、春日居町《かすがいちょう》と、無人駅が四駅ある。いずれも小さな駅で、とくに春日居町駅は駅舎がなく、対面式のホームのそれぞれにバスの停留所に

新桂川橋梁を渡る中央本線（提供　JR東日本八王子支社）

見られるような待合所があるだけ。

以前の駅名は別田《べつでん》。平成五年に春日居町にかわった。周囲は一面の桃畑で、駅はまるで桃畑のなかの作業所のよう。本線なのにローカル線の雰囲気。

駅前に商店はひとつもない。ただ、町営の足湯があって誰でも利用することができる。この駅がいいのは、天気のいい日に、目の前に富士山が見えること。それも静岡県で見られるような裾野まで広がる雄大な富士山ではなく、山の上に少しだけ頭を出している。奥床しい。言われなければ富士山と分からず、白い雲かと思ってしまうほど。

この春日居町は中央本線好きには、ひそかな隠れ里になっている。

前田敦子主演の『もらとりあむタマ子』を面白く見る。小品だが、心に残る。

脚本は向井康介、監督は山下敦弘。前田敦子は山下監督の前作『苦役列車』（二〇一二年）にも、古本屋でアルバイトをする女の子の役で出演していた（西村賢太の原作にはない役）。山下監督と気が合うのだろう。

『もらとりあむタマ子』というタイトルどおり、前田敦子演じる二十二歳になる女性は何もしようとしないモラトリアム人間。

東京の大学を卒業し、故郷の甲府に帰ってきた。父親（康《かん》すおん）は町でスポーツ用品店を営んでいる。離婚していまは一人の身。

この父親は働き者。店の仕事をするだけではない。掃除、洗濯、料理、なんでも黙々とこなす。一方、前田敦子演じる娘のタマ子はぐうたら。一日、家のなかで漫画を読んだり、ゲームをしたり、ごろごろしている。就職活動もしない。恋人もいない。

人気アイドルが、こういうぐうたら娘を演じるのが面白い。おしゃれをするわけでもなく、家のなかではもっぱらジャージ姿。

働き者の父と、何もしない娘の物語で、随所に穏やかで温かい笑いがある。見ているうちに、この父と娘は実は仲がいいことが分かってくる。冬、こたつで寝ころんでいる娘を見ながら父親が独酌で燗酒を飲む。父も娘も実はとても幸せなのではないか。

この映画、甲府とその周辺でロケされている。見ていて驚く場面がある。

夏のある日、前田敦子が自転車で買物に出る。鉄道の踏切を渡る。

よく見れば、この踏切、春日居町駅の横にある踏切ではないか！　前田敦子は、踏切を渡って、さらに駅のホームに沿って走る。わが隠れ里が、堂々と映画に登場とは。すっかりうれしくなってしまった。

あとの場面には、高校時代の同級生の女の子が、恋人に振られたか何かがあって、春日居町駅から東京へと寂しく旅立つのを、前田敦子がそれとなく見送る場面もある。

春日居町駅が大活躍している！　鉄道好きには忘れ難い映画になった。

近年あまり見なくなったが、豆本という、手のひらにのる小さな本がある。

以前、日本古書通信社から『荷風が見たもの』（一九九七年）、鏡書房から『風船画伯の丸い世界』（二〇〇六年）などの豆本を出してもらったことがある。

『風船画伯の丸い世界』は、画家、谷中安規《たになかやすのり》のことを書いた小文を豆本にしたもの。この本のデザインをしてくださったデザイナーの田中淑恵さんは豆本を作るのが好き。

十一月に神保町の檜《ひのき》画廊で開かれた豆本展、「手のひらの上の小さな本　田中淑恵のミニチュアブック」を見に行く。

豆本は、ひっそりとした小さな宝物。本の宝石と言ってもいい。自分だけのものとしてそっと取っておきたくなる。

田中淑恵さんの作る豆本は手芸品のよう。一冊一冊、実に凝っている。小さな画廊に並べられている様子は、ドールハウスのようでもあるし、貝殻や蝶のコレクションを見ている思いもする。

大手拓次や立原道造、結城信一などマイナーポエットの詩人たちが豆本には合っている。絶叫ではなくあくまでもささやき。

面白いなと思ったのは、おいしく食べた和菓子の写真を撮って、それを一枚一枚張って作った「WAGASHI」、洋菓子モンブランのコレクション「Les monts-blancs」など、自分の好きなお菓子を記録した豆本。

十九世紀のウィーンを中心にビーダーマイヤーという美術、文学の様式が生まれた。荘厳な大自然や神話の世界ではなく、小市民の日常生活、たとえば、家、庭、花を描く。大きなものより小さなものを愛する。豆本というのは一種のビーダーマイヤーではないか。

切手の豆本もよかった。花の切手や果物の切手をページごとに張ってゆく。ストックブックよりいい。こんど自分でも鉄道の切手で豆本を作ってみよう。

十一月、武蔵野市民文化会館でパーヴォ・ヤルヴィ指揮、ドイツ・カンマー・フィルハーモニー管弦楽団のベートーヴェンの「フィデリオ序曲」「交響曲四番」「交響曲三番　英雄」を聴く。パーヴォ・ヤルヴィは、いまもっとも熱い指揮者だろう。ダイナミックな指揮ぶりは定評がある。実はヤルヴィを生で聴くのははじめて。これまでCDではベートーヴェンの「交響曲七番」などを聴いたが、よく言えばダイナミックだが、別のいい方をすれば、せかせかしていて落着きがなく、いまひとつ乗れなかった。

実際、評論家のあいだでも評価は大きく分かれているようだ。ガイドブックとして利用している文春新書の『新版　クラシックCDの名盤　演奏家篇』（二〇〇九年）では、宇野功芳氏が、ヤルヴィを絶賛しているのに対し、中野雄氏は「救いようがない」「一曲通して聴き通すのが辛い」と酷評している。

ただ中野氏は、「こういう指揮者はもしかしたらライヴでは迫力満点で、面白いのかもしれない」と補足している。

それで演奏会に出かけてみたのだが、期待以上に「迫力満点」で圧倒された。とくに「三番」は、聴き慣れているフルトヴェングラーとはまったく違う速度、強度で、別の曲を聴いているよう。耳で聴くというより、五感すべて、身体全体で聴く演奏だった。聴いているほうも、妙ないい方だが、汗だくになる。

オーケストラに、日本人の女性ヴァイオリニストがいるのも親しみが持てた。

CDとライヴがこれほど違う指揮者も珍しいのではないか。満員の会場からは、シニアが多かったにもかかわらず力強い拍手が続いた。私も叩き過ぎて手が痛くなった。

パーヴォ・ヤルヴィ
（提供 ジャパンアーツ）©Julia Bayer

パーヴォ・ヤルヴィはエストニア出身。この夏、公開されたエストニアの監督イルマル・ラーグの『クロワッサンで朝食を』（原題は『パリのエストニア人』）に出演した、ライネ・マギというはじめて見る、かの国の女優の美しさに魅了されて以来、このバルト三国の国に惹かれているので、いっそうパーヴォ・ヤルヴィの指揮に圧倒された。

竹橋の国立近代美術館で開かれている写真展「ジョセフ・クーデルカ展」は、一枚一枚、見る側が写真に射すくめられるような力強さを持っている。写真が生きている。

クーデルカは一九三八年、チェコの生まれ。一九六〇年代から、ヨーロッパの流浪の民ロマ（ジプシー）の写真を撮るようになった。

その撮影で旅をしている時、一九六八年の八月に決定的な事件が起きる。「プラハの春」を弾圧するソ連軍のチェコ侵入である。クーデルカは写真家という以上に一抵抗者としてまっすぐに現場に飛び込んだ。

その写真は西側で発表され、大きな衝撃を与えたが、撮影者クーデルカの名は身の安全のために匿名にされた。

しかし、いずれ権力は撮影者を特定してくるだろう。権力の追及を恐れたクーデルカは西側に亡命。その後、長く亡命者、故郷喪失者としての生活を余儀なくされた。

クーデルカの写真の特色は、極端なリアリズムと、それと対照的な超越的な視線が溶け合っていることだろうか。現実を直視しながら、同時に、現実の向こう、遠くを見ている。

とくに近作、パノラマのカメラでとらえた、人の姿の見えない巨大な廃墟のような死の風景は素晴しい。熱い怒りと、静かな祈りが共存している。
近年、写真にこれほど感動したことはない。

（「東京人」二〇一四年二月号）

秩父の札所と府中の古墳。

正月に秩父に行った。

秩父三十四ヵ所の札所のうちいくつかをまわる。初詣である。年齢を取ると寺や神社が身近なものに思えてくる。若い頃には考えられなかった。

杉並区の自宅から秩父に行くには、池袋に出て西武の特急レッドアローに乗るのがいちばん速い。池袋から一時間半ほどで着く。

車内で朝昼兼用の駅弁を食べる。

駅弁のなかでいちばん好きなのは崎陽軒《きようけん》のシウマイ弁当。東京駅から新幹線に乗る時には必ずこれを買う。最近、新宿駅でも売られていることを知り、池袋でレッドアローに乗る前にあらかじめ買っておいた。

正月の昼前、車内は空いている。車窓の景色を見ながらシウマイ弁当を食べる。雑煮も屠蘇もない正月だが、これで満足する。

荷風の句、「ひとり居も馴るればたのしかぶら汁」の気分。

十六番札所　西光寺（提供　秩父市）

秩父駅近くの十三番札所、慈眼寺から歩き始め、十四番今宮神社、秩父神社、十五番少林寺とまわる。秩父の町は空襲に遭っていないためだろう、古い家が多く、町並みが落ち着いている。江戸時代に創業の武甲酒造という造り酒屋もある。店舗の建物は築百九十年というから驚く。他方では「セビリアの理髪師」と、しゃれた名前の理髪店もあるから面白い。

町なかの寺でとくに好きなのは、十六番の西光寺。こぶりの寺だが、四国八十八ヵ所の本尊の模像が並べられた回廊堂があり、ここを歩けば八十八ヵ所を巡ったことになる。

秩父には造り酒屋が多いせいか、酒樽に屋根をのせてお堂に見立てた酒樽大黒があるのもユーモラス。江戸時代には境内に寺子屋があった。そのために筆塚もある。文筆を業とする者として手を合わせる。

そして何よりもこの寺がいいのは、いつ訪れても境内に猫を見かけること。この日も、黒猫が日だまりで日なたぼっこをしている。

札所のなかには「猫にエサをやるな」と、猫好きには厳しい張り紙のあるところもあるから、この寺の有難さが際立つ。

大黒、つまり住職夫人が猫好きで、捨て猫を可愛がっているのだという。ただ、この寺に捨てればいいいと思う不心得者が多く、安心して猫を捨ててゆくのは困りもの。

住職夫人は、本当に猫好きで、以前、可愛がっていたリーダー格の猫が死んだ話をしてくれた時には、涙ぐんでいた。

この寺に来ると心なごむ。

秩父市内には西武鉄道と、もうひとつ秩父鉄道（私鉄）が走っている。秩父鉄道は寄居《よりい》で八高線（JR）と、東武鉄道に交差する。帰りもレッドアローではつまらない。寄居に出て、八高線に乗り換え、八王子経由で帰ることにした。

寄居は三つの鉄道が走るが（東武東上線の終点駅）、駅前は寂しくなっている。二年前に来た時にはあった、駅に隣接するスーパーもレストランもなくなっている。ここでも過疎が始まっているのだろうか。

正月ということもあって開いている商店はほとんどない。歩いている人も少ない。高い建物がないので空が広くがらんとしている。

寄居は案外、映画のロケ地になっている。

古いところでは、水木洋子脚本、今井正監督の、混血の姉妹の物語『キクとイサム』（一九五九年）で、姉のキク（高橋恵美子）がアメリカへ養子となってゆく弟のイサム（奥の山ジョージ）を見送る感動的な駅のシーンは、寄居駅で撮影されている。

下って、佐藤純彌監督、高倉健主演の快作『新幹線大爆破』（一九七五年）では、新幹線に爆弾を仕掛けた高倉健ら犯人グループが、金の受渡し場所として指定するのが寄居。駅の近くを流れる荒川で金を受取ることになる。

最近の映画では、宇治田隆史脚本、熊切和嘉監督の『ノン子36歳（家事手伝い）』（二〇〇八年）で、坂井真紀演じるノン子の家があるのが寄居という設定。寄居駅をはじめ商店街や、東武東上線の寄居の次の駅、玉淀《たまよど》駅などが登場した。

寄居には、いまどきよくこんな旅館がと驚くような木造二階建ての商人宿風の旅館がある。山崎屋旅館という。『ノン子36歳』の撮影スタッフはここに泊まったそうだ。

東武東上線は寄居の先の小川町で再び八高線と交差するが、寄居と小川町のあいだに、難字駅として知られる男衾《おぶすま》駅がある。木造の小さな駅舎が懐かしさを感じさせる。この駅は、松本清張原作、井手雅人脚本、野村芳太郎監督の『鬼畜』（一九七八年）に登場している。

駅から南に向かって十分ほど歩くと荒川にぶつかる。町は高台にあるから崖下に川が流れている。渓谷のよう。眺めがいい。

しばらく歩くと、荒川を見下ろす崖の上に京亭という古い和風旅館がある。

「君恋し」（一九二二年）や「祇園小唄」（一九三〇年）などのヒット曲で知られる作曲家、佐々紅

宮沢賢治歌碑（提供　寄居町）

華が、荒川の眺めを気に入り、ここに移り住んだ。その住居を遺族が旅館にしている。庭木に隠れるようにひっそりとしていて趣きがある。

一九八〇年代のはじめ、月刊誌「問題小説」（徳間書店）で、毎月、地方の町の映画館を訪ね歩くという有難い仕事をしていた。その仕事で、秩父、寄居に行き、京亭に泊まった時のことを懐かしく思い出す。貧乏旅行ばかりしていた頃なので、とても贅沢な気分になった。あゆが丸々一匹、御飯の上にのっている、あゆめしがおいしかったことが忘れられない。私と同じ年齢だというおかみが、あゆをほぐしてくれた。

荒川を崖下に見ながら、崖の上を歩く。木々のあいだに、川を見下ろすように歌碑があった。宮沢賢治のもの。東北人の賢治は寄居にも来ていたのか。

以前、このコラムで紹介した伊佐九三四郎『大

河紀行　荒川――秩父山地から東京湾まで』（白山書房、二〇一二年）には確かに、賢治は大正五年（一九一六）に秩父地方を旅しているとある。当時、岩手高等農林学校の学生だった賢治は地質巡検に秩父に来て、いくつかの歌を残しているという。寄居で賢治の歌碑に出会うとは思いがけなかった。

歌碑の近くには無人の小さな神社があった。人の姿は見えない。そこを参拝してから寄居駅に戻った。一人暮しの身には、いい正月だった。

「子を持たぬ身のつれ〴〵や松の内」荷風

平凡社から出たビジュアルブック、松木武彦監修『楽しい古墳案内』を面白く読む。

古墳は、弥生時代の終わり、二世紀の中頃に吉備や出雲で盛んになった。三世紀には大和に政権が生まれ、その地にいわゆる前方後円墳が次々に作られていった。

豪族や天皇の墓だが、その後、八世紀に入ると、なぜか消えていった。

古墳というと奈良県桜井市にある、三世紀に作られたとされる前方後円墳、箸墓《はしはか》古墳や、堺市にある、五世紀に作られた、日本最大の前方後円墳、大仙《だいせん》（仁徳天皇陵）古墳、あるいは飛鳥の高松塚古墳などが有名で、古墳というと近畿地方に多いという印象がある。

また、やはり朝廷があったとされる北九州には、石室の壁などにさまざまな文様や図像を描いた装飾古墳が数多く発見されている。

長崎県の諫早市に住んだ作家、野呂《のろ》邦暢《くにのぶ》は、土地柄、古墳に興味を持ち、装飾古墳である久留米の石人山古墳を訪ねている（随筆集『古い革張椅子』集英社、一九七九年）。現代を描き続けてきた作家が、年齢を重ねるとともに、古墳や古代史への関心を深めている。

古墳は近畿や北九州に多い。そう思いこんでいたのだが、『楽しい古墳案内』によれば日本全国に約十五万基もあるというから驚く。

北海道にもある。そして東京にも。

代官山の猿楽塚古墳、芝の東京タワーの下にある芝丸山古墳、北区の赤羽台古墳……と挙げてゆくと切りがない。東京にこんなに古墳があったとは。


中島京子原作、山田洋次監督の『小さいおうち』を見ていたら、吉岡秀隆演じる弘前出身の青年が「東京では冬にも太陽が出ているのに驚いた」と言った。

確かに東京の冬は青空が多い。東北や日本海側の人、あるいはニューヨークやロンドンの人は冬の東京に来ると青空に驚く。

一月の土曜日、青空が広がり、日ざしが明るいので町歩きに出かける。『楽しい古墳案内』には府中市の多摩川の近くにも古墳がいくつかあると書かれているので、それを見に行く。

京王線の府中のひとつ先、分倍河原《ぶばいがわら》駅で降りて、南武線に沿って静かな住宅地を歩く。

このあたり、府中崖線といって崖になっている。国分寺崖線を舞台にした大岡昇平の『武蔵野夫人』（一九五〇年）で広く知られるようになった、「はけ」という地形である。

その崖の上の住宅街を歩いてゆくと、住宅に挟まれた小さな公園があり、その中央が丸い丘に

武蔵府中熊野神社古墳。上円下方墳は全国でも珍しい。

なっている。そこが高倉塚古墳だった。子供の遊び場のよう。それと言われなければ古墳と分からない。千年以上も前に作られたものが住宅街のなかにひっそりと残っている。これには少し感動する。

そこから南武線を渡り、北に向かって歩くと、甲州街道に面したところに神社があり、その奥に復元されたみごとな古墳があった。

武蔵府中熊野神社古墳。正方形の石の土台の上に、丸く石が積まれている。大きなお椀を机の上にかぶせたよう。上円下方墳といって全国でも珍しいものだという。甲州街道沿いにこんな古墳があったか。

飛鳥時代、七世紀の中頃に作られたものだというが、どういう豪族が作ったかは分かっていない。古墳には分かっていないことが多い。その謎がまた魅力なのだろう。

この古墳の隣は幼稚園。さらにマンションも近くにある。現代のなかに、飛鳥時代の遺跡が残っている。なんだか心躍る。

（「東京人」二〇一四年三月号）

利根川を見に電車に乗る。

いい漫画を読んだ。

つげ忠男の新作『出会ってみたい人』（ワイズ出版、二〇一四年）。

つげ忠男は言うまでもなくつげ義春の弟。昭和十六年生まれで、作品にはどこか戦後のまだ貧しかった時代の匂いが残っている。昭和十九年生まれの人間にはそれが懐しい。

筆者略歴によると、中学卒業後、採血会社就職とある。この採血会社は、つげ忠男の作品に出てくる、葛飾区立石にあった、俗にいう血液銀行のことだろう。

五木寛之は青春回顧エッセイ『風に吹かれて』のなかで、早稲田の学生時代、金がなくなると、ここに血を売りに行った、と書いている。

「（金がなくて）どうにもならなくなると、私はしばしば京成電車に乗って、青砥だったか立石だったか、あの辺の製薬会社に血を売りに行って急場をしのいだ」

当時の立石の血液銀行の様子は、かつての東映の人気シリーズ「警視庁物語」の第二十三作『自供』（一九六四年、小西通雄監督）に描かれている。どこかわびしい雰囲気がある。

つげ忠男は、兄の影響で一九六〇年代に「ガロ」を中心に漫画を発表していった。「懐かしのメロディ」「昭和御詠歌」「ささくれた風景」など傑作揃い。

ただ地味な作風のため、漫画家として自立するのは難しかったのだろう。千葉県の流山市でジーンズ・ショップを開くようになった。

その後、発表する作品の数は減ったが、二〇〇〇年に『舟に棲む』（ワイズ出版）という釣りの漫画を出した。これが面白くて、改めて、つげ忠男を読み返すようになった。

自身を思わせる釣り好きの男が、放置されていた川舟を手に入れ、改良し、家の近くの利根川に浮かべ、釣り三昧の日々を送る。

どこか世捨人の風雅がある。何よりも利根川の茫漠とした川の風景に魅了される。

新作『出会ってみたい人』に収録された作品でも、「女《おな》ご衆漁《しりよう》」「曼陀羅華綺譚《まんだらげきたん》」は利根川が舞台になっている。それも川べりの、隠れ里のような寂しい場所。首都圏を流れる大河にも、いまどきまだこんな、人が立ち入らないところがあるのかと驚くような川の奥の奥が描かれる。

「女ご衆漁」は、「自由業」の男が近所のフードマーケットで開かれた地産食品展に出かけ、そこで、これまで見たこともない奇妙な魚が売られているのを知るところから始まる。

その魚に興味を覚えた男は、魚を売っている川の漁師から、釣りに誘われる。不思議な魚（名前も付けられていない）で、利根川のどこに住んでいるかも分からない。一年に一度だけ、夏に、利根川とつながっているある池に姿を現わす。

そこで漁師と共に釣りに出かけてゆく話だが、何よりも、まだ葦の原が広がる利根川の風景に寂しい詩情がある。

同じように「曼陀羅華綺譚」も、利根川べりが舞台で、寺の住職と後妻、寺に住んでひたすら絵を描き続ける自閉症のような若者の話だが、これも利根川の寂しい風景に惹きつけられる。

つげ忠男の漫画を読んだら無性に利根川を見たくなった。二月にしては暖かい一日、中野から総武線に乗った。

千葉まで行き、そこで成田線に乗り換える。はじめ小江戸として知られる利根川沿いの佐原に行く予定だったのだが、ホームにはちょうど、佐原の先の鹿島神宮まで行く電車がとまっていたので、これに乗ってしまう。

千葉から佐倉、成田、佐原と成田線。香取の先が、そのまま鹿島線になって鹿島神宮に向かう。成田線と鹿島線がつながっている。

千葉から一時間半ほどで佐原に着く。このあたりから鉄道は利根川の流れに沿って走る。佐原の次の駅が香取で、ここで線路は銚子に向かう成田線と鹿島線に分かれる。

乗っている鹿島神宮行きの電車は、香取駅を過ぎると大きく左に曲り、利根川の鉄橋を渡る。このあたりから水郷地帯で、初夏に来ると見渡す限りの水田が美しいのだが、残念ながら、この季節は緑が見られない。寒々としている。

利根川を渡ると潮来《いたこ》駅で、ここはもう茨城県になる。潮来はあまりに有名だが、この駅のひとつ手前、ちょうど鹿島線の電車が利根川の鉄橋を渡り切ったところに、小さないい駅がある。

十二橋駅（ここまでは千葉県）。近くに水郷の名所、用水（新左衛門川）に十二の橋が架かる十二橋があるので、そう名づけられている。

この駅はローカル線のなかでも、かなり風情があると思う。鹿島線の電車は利根川を渡ると高架を走る。このあたりは干拓地なので、そうなったのだろう。

十二橋駅はこの高架にある。しかも、まわりには高い建物は何ひとつない。二月のこの季節、冬枯れの広々とした野のなかに、高架の駅がぽつんとひとつ、燈台のように建っている。電車を降りホームに立つと、寒風にさらされる。乗降客はほとんどいない。駅員のいない無人駅でがらんとしている。一人だけ、世の中から取残されてしまったよう。

駅の周囲は田園風景が広がっている。人の姿はほとんど見えない。冬枯れの田が続く。初夏にはアヤメも見られるのだろうが、この季節は花も緑もない。

索漠とした野のなかを歩く。

動くものがほとんど見えない。かえって気持がいい。しばらくゆくと用水がぶつかり合う船溜りのようなところに出る。与田浦の船乗り場と看板にある。観光シーズンは水郷めぐりの船でにぎわうのだろうが、この季節は閑散としている。

利根川とつながっている用水の川岸は、枯れ葦におおわれている。つげ忠男にこんな文章があった。

「利根川の或る流域、土堤上に立つと、目の届く限りはアシやススキ、セイタカアワダチソウの生い茂る原野風景である。植物群は二月のこの時季、ギリギリに身を削ぎ落し、仮死の世界でひっそり春を待つ」（『昭和御詠歌』北冬書房、一九九五年）

二月の水郷もまさに「ひっそり春を待つ」。あたりは静けさにひたされている。

そう言えば、今村昌平監督の『うなぎ』(一九九七年)で、役所広司が隠れ住むように小さな理髪店を開いていたのが確か、このあたりだった。

十二橋駅舎(提供 JR東日本千葉支社)

寂しい風景に惹かれ、二時間ほど冬ざれの水郷を歩き、十二橋駅に戻り、鹿島線の上り電車に乗った。駅からの乗客は私一人だった。

この近くには、もうひとつ、いい駅がある。成田線の、その名も水郷駅。銚子に行く時、車窓から眺める。何もないところなので降りたことはないが、駅舎が素晴らしい。

小さな無人駅だが、駅舎はどこか山のリゾート地のペンションのようにしゃれている。三角屋根で、壁は、組んだ木材が露出しているハーフティンバー。東京都の駅でいうと、青梅線の奥多摩駅の駅舎に似ている。十二橋とは対照的な華麗な駅舎といえる。

十二橋駅から鹿島線の電車でまた利根川を渡り、香取駅に出る。ここで成田線に乗り換える。しかし、成

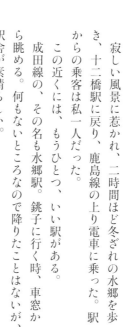

水郷駅舎（提供 JR東日本千葉支社）

田線の銚子方面に向かう下りは本数が少ないし、水郷駅は隣り。思いきって水郷駅まで歩くことにした。

このあたりはまだ昔ながらの瓦屋根の農家風の家がいくつも残っている。垣根はたいてい房総半島に多く見られるイヌマキ。火に強いのだという。

歩いている人間はほとんどいない。隣りの駅といっても案外、距離がある。

「上総《かずさ》の其所《そこ》一里」という言葉がある。夏目漱石の『こころ』に出てくる。現在の千葉県、上総の国を旅している旅行者が、土地の人に道を聞くと「すぐそこ」といわれるが、実際に歩いてみると一里もあるという言葉で、漱石の造語らしい。

『こころ』では、「先生」と友人の「K」が、学生時代の夏休みに房総を旅したことが「先生」によって回想される。漱石自身も若い頃に房総を歩いている。そのときに「上総の其所一里」を体験したのだろう。

一時間ほど、瓦屋根の家の並ぶ道を歩いたあと、目の前に水郷駅があらわれたときは、少しく感動した。

三角屋根、時計塔、白壁のハーフティンバー。一九九三年に新しく建てられた。駅員のいない無人駅なのに、どうしてこんな立派な駅舎があるのだろう。美しいのに、それを見る人が少ない。あくまでも、ひっそりしている。

この日は銚子に出てビジネス・ホテルで一泊する予定。水郷駅から成田線の銚子行きに乗る。ここでも乗り込んだ客は私一人だった。

銚子のひとつ手前に松岸という駅がある。総武本線と成田線がここで合流する。そのためか電車の停車時間が長い。

窓から駅前を眺めていると、店らしい店もないいなか、一軒だけ、のれんをぶらさげている駅前食堂らしい店がある。

松岸は利根川の水運が盛んだった頃は栄えた町だが、現在は、御多分に洩れず、寂しい。それでも、駅前食堂があったか。

予定を変更して、ここで下車。食堂に飛び込んだ。

昔ながらの小さな食堂。テーブルが三つほどあるだけ。燗酒を頼むと、気の良さそうなおやじさんが店内のストーブにのせたやかんに銚子を入れて、燗をしてくれた。

銚子の手前で銚子かと、一人飲む燗酒がうまかった。冬の旅に燗酒は欠かせない。

札幌で亜璃西《ありす》社という出版社を主宰する知人の和田由美さんから新刊書『スケッチで見る　さ

っぽろ昭和の街角グラフィティー』を送ってもらう。

昭和三年生まれの画家、浦田久さんが、昭和二、三十年代の、いまは失われた札幌の町を水彩で再現したスケッチ集。

ページを開いたとたん、ひきこまれた。素晴らしい。札幌は空襲に遭わなかったから、昭和二、三十年代にはまだ、昭和のいい建物がたくさん残っている。

昔の札幌は、こんなにきれいな町だったのか。正直、現在の札幌は、ビルが建ち並び、私などにはいまひとつ物足りない。

昔の札幌のほうがずっといい。「単なるノスタルジー」と批判されるのは承知で言いたい。「昔はよかった」「古いものは美しい」。

（「東京人」二〇一四年四月号）

三陸鉄道復興への力。

この四月（二〇一四）に三陸鉄道が南リアス線、北リアス線ともに全線開通する。

あの大震災から三年で、よくここまでたどり着けたと思う。震災から一年目の二〇一二年五月、一部開通していた北リアス線に乗りに行き、田野畑駅から車で、不通区間の島越《しまのこし》駅へ行った。

青いドームが付いた南欧風の特徴ある駅舎は跡かたもなく消え、レールも破壊されていた。あたりに人家はほとんど見えなかった。

あの惨状を見たときには、正直、三陸鉄道の復興は無理かもしれないと思った。それが三年でよみがえった。凄いことだ。

鉄道ファンをはじめさまざまな支援があったことが後押しになったことは間違いないが、何よりも、三陸鉄道という第三セクターの鉄道会社の自助努力に素晴らしいものがあった。

北リアス線では地震直後の三月十六日に、久慈―陸中野田間が、さらに三月二十日には宮古―田老《たろう》間が復旧、開通した。あの混乱のなかで、よくぞ。

鉄道がまた走る……。それを見て、支援する人たちが増えていったと思う。

三陸鉄道旅客サービス部長の冨手淳《とみてあつし》さんが書いた『線路はつながった――三陸鉄道復興の始発駅』（新潮社）には、復興への努力が具体的に書かれていて、教えられることが多い。

地震直後の三月十三日、津波警報がやっと注意報に変ったので、冨手さんは、望月正彦社長と車で、まず北リアス線の現状を見に行った。被害の状況を自分の目で確かめたい気持だろう。島越駅の惨状には「茫然自失」となり、その場に立ちつくしてしまったという。

しかし、落ち込んではいられなかった。瓦礫のなかで作業していた人が声をかけてきた。「三鉄、いつ動くんだ？」。

田老の町では、三陸鉄道の築堤の線路を大勢の人が歩いていた。線路が地元の人の歩く生活道路になっていた。線路の上には大きな黒板が置かれ、それが消息を伝えあう伝言板になっていた。

そうした様子を見て、社長が言った。「とにかく列車を走らせよう。一刻も早く走らせよう」。トップダウンの素早い決定だった。

三陸鉄道は、もともと津波を想定して建設されたから築堤が多い。高いところを走る。そのために被害を受けなかった箇所が多いのも幸いした。この鉄道の築堤は堤防の役割を果たし、津波から集落を守ったり、津波の力を弱めたりしたという。

三陸鉄道の本社は宮古駅の駅舎の二階にある。地震直後、一帯は停電となり、仕事ができなくなった。そこでホームに停まったままになっている車両に移り、そのなかに災害対策本部を置いた。電車だったら停電したら何もできない。三陸鉄道は非電化。気動車が走る。これならディー

三陸鉄道北リアス線堀内《ほりない》駅を出発する電車（提供 三陸鉄道）

賑わう三陸鉄道のお座敷列車「北三陸号」（提供 三陸鉄道）

ゼル燃料（軽油）があればエンジンがかかり、車内に明かりが点き、暖房も入る。非電化だったことが幸いした。

駅近くの料理屋からは頻繁に食事の差入れが届く。また、同じ岩手県の第三セクター、IGRいわて銀河鉄道からは救援物資の米や副食品がトラックで届く。料理屋がその米を炊いて、にぎり飯を作ってくれる。

自助努力に加え、早くから地元の協力があったことが分かる。地元に溶け込んでいる鉄道だからだろう。その結果、前述したように三月十六日にはもう久慈—陸中野田間が、三月二十日に宮古—田老間がつながった。自分の町をまた鉄道が走る。それが地元の人間に、どれだけ大きな力になっただろう。

冨手さんは書いている。

「鉄道は、一度活動を止めてしまうと、再開するのが非常に難しくなる」。だから一部区間でも再開しなければならない。「ここで走らせなければ、鉄道を存続させる意味がない」。

鉄道は非常時にも走る。

東京では戦時中、空襲のあとにも鉄道は走った。東京駅は昭和二十年五月二十五日の空襲で大きな被害を受けたが、次の日にはもう鉄道は走っていた。

昭和二年（一九二七）、東京の下町、日暮里に生まれた吉村昭は回想記『東京の戦争』（筑摩書房、二〇〇一年）で、四月十三日の空襲によって家が焼かれたことを書いている。

家も町も焼かれた。吉村少年は谷中墓地に逃げ、なんとか助かった。夜明け、日暮里駅の跨線橋を渡っている時、物音がした。電車が走る音だった。

「人気《ひとけ》の全くない駅のホームに、思いがけなく山手線の電車が入っていて、ゆるやかに動きはじめていた。物音は、発車する電車の車輪の音であった」

町を焼き尽くした空襲のあとの朝も、いつもと同じように鉄道は動いていた！

さらに驚くことがある。

石井幸孝『戦中・戦後の鉄道』（JTBパブリッシング、二〇一一年）によると、昭和二十年の八月九日、長崎に原爆が投下されたその日の午後にはもう汽車が走り、被災者を長崎に近い諫早や大村などに運んだという。その日の救援列車の数は四本。運んだ被爆者は約二千五百人。鉄道の力に驚かされる。

気がついてみると机の上やまわりにはいつのまにか、役に立たないこまごまとしたモノが置いてある。

小さくなった消しゴムを入れたびん、ちびた鉛筆を入れた箱、古い切手、栞、鉄道の切符、文鎮がわりに使っている川で拾ってきた石、マッチ箱、ポストカード、バッジ、判子、こけし。

集めようと思ったわけではない。いつのまにあちこちにころがっている。それでいてときどき、眺めたり、触ったりすると楽しい。

こうしたこまごまとしたがらくたも、一種の「雑貨」と言っていいだろう。

谷川晃一さんの『これっていいね　雑貨主義』（平凡社）は、谷川さんがこれまで集めてきた、あるいは、たまってしまった多彩な雑貨を披露した楽しい本。さすが画家だけに雑貨とはいえ、ひとつのまとまりになると美しい。何よりも明るい。

切手やマッチから、人形、ぬいぐるみ、玩具、仮面、タイル、カルタ、ラベルなど、さまざまな雑貨が集められている。全体にグリコのキャラメルのおまけのよう。子供が誰でも持っている宝の箱に似ている。

雑貨は美術品や工芸品とは違う。一般的な美の基準を持たない。その人が「美しい」「面白い」「楽しい」と感じたら、そのまま宝物になる。

谷川晃一さんによれば、雑貨が広く親しまれるようになったのは一九七〇年代頃からという。日本が豊かになり、雑貨という役に立たないモノを集める余裕が生まれた。とくに雑貨趣味を持つ者は女性に多く、雑貨ブームは七〇年代のフェミニズムの台頭と深く関わるという。

確かに男（家父長）は雑貨には興味を示さなかった。男は集めるとすれば書画骨董であり、水石や盆栽だった。雑貨に目を向けたのは女性だった。

谷川さんは二十年ほど前、伊東市にある東郷元帥の旧別荘を訪ねた。書画、骨董が並べられている隅に、奇妙なものが置かれていた。

小さな瓢箪形の瀬戸物。横浜の崎陽軒のシウマイ弁当に付いている醬油瓶だった。昔の物は「フクちゃん」で知られる漫画家、横山隆一が描いた藍色の絵がついていたという。別荘番の女性のコレクションだった。

谷川さんはそのことに心打たれたという。確かに、シウマイ弁当に付いている、おまけのような醬油瓶を大事に集めるとは、雑貨趣味の極だろう。女性ならではと言えようか。

谷川さんも普通なら何気なく捨ててしまうようなモノをとっておく。いつのまにか集まる。コレクションになる。スターバックスの紙袋など、こんなにきれいだったかと驚かされる。

谷川晃一さんは伊豆高原に住む。緑に囲まれた山小屋のような家。

谷川邸の写真を見て、はたと分かる。こういう雑貨コレクションをするためには田舎暮しをして、広い家に住まなければならない、と。

東京の狭いマンションで暮している者は、集めることより、いまや「断捨離」を考えなければならない。

三月のはじめ、横浜市のレンガ造りで知られる開港記念館で大佛次郎について講演をする。戦時中の日記をもとに、「戦争とリベラリズム」のテーマで話す。

講演のあと、鎌倉からわざわざ来てくださった大佛次郎の養女（兄の野尻抱影のお嬢さん）、野尻政子さんと食事をする。八十歳を過ぎているのにお元気。

大佛次郎が愛用したホテルニューグランドのバーでまず喉をうるおす。野尻政子さんに倣ってピコンのソーダ割りを飲む。大佛次郎がこのバーに教えた酒だという。薬用酒のような味がする。

「はじめて飲みます」と言ったら、野尻政子さんが意外なことを教えてくださった。

「『冬の猿』に出てくるお酒ですよ」

えっ、『冬の猿』に!!　晩年のジャン・ギャバンが若いジャン＝ポール・ベルモンドと共演したヒューマンドラマ（アンリ・ベルヌイユ監督、一九六二年）。見ているのに知らなかった。

後日、DVDで確認したら、確かにジャン＝ポール・ベルモンドがノルマンディーの小さなホテルで、ピコンをビールで割って飲んでいた。

それにしても野尻政子さんが『冬の猿』を御覧とは、うれしく驚く。映画好きでも、この映画を見ている人は少ない。

ピコンで少し気分がよくなったところで、以前からお聞きしたかったことを聞いてしまう。大佛次郎と、日本舞踊の名手、「動く錦絵」とまで言われた美しい武原はんとの関係。野尻政子さんは、にこやかに、二人が特別の関係にあったことを認め、話してくださった。

大佛次郎は昭和四十八年（一九七三）に築地の国立がんセンターで死去（七十五歳）するのだが、武原はんは、毎日のように病院に見舞いに来たという。

大佛次郎は妻ある身だったが、この年齢になればもう不倫、道ならぬ恋といった域を越えているだろう。武原はんのような美しい女性に慕われたのだから男冥利に尽きよう。

（「東京人」二〇一四年五月号）

忘れられない鉄道画。

福島県の南、茨城県との県境に矢祭町《やまつりまち》という小さな町がある。「東北最南端の町」を謳っている。水戸と郡山を結ぶ水郡線《すいぐん》が走っている。駅で言うと、矢祭山《やまつりやま》や東館《ひがしだて》などがある。

水郡線は車窓風景が素晴しいローカル鉄道なのだが、残念ながら本数が少ない。小さな駅で降りると、次の列車まで一、二時間待たなければならないので、なかなか途中下車できない。

三月の暖かい一日、思い切って矢祭をめざして水郡線に乗った。

水郡線は長距離（約一四〇キロ）を走るのに急行がない。水戸から郡山まで約三時間半かかる。矢祭町はほぼそのなかほどにある。

水郡線に乗る時は、いつもは水戸から乗るのだが、この日は、東京駅から新幹線で郡山に出て、そこから南下する。

平日なので三両の気動車は空いている。近年、四人掛けのボックスシートと、二人掛けクロスシートを併用したセミクロスの車両が多くなり、一人旅には有難い。四人掛けに一人座わるのは気が引けるが、二人掛けだと一人でいても気が楽。

郡山を出て十分も走ると田園風景が広がる。この沿線は水田が多いが、この季節はまだ水が入っていない。かわりに桜があちこちで花開いている。こぶしの白い花も目を楽しませてくれる。谷田川《やたがわ》、川東《かわひがし》、泉郷《いずみごう》と、瓦屋根の小さな木造駅舎が続く。思わず降りたくなるが、次の列車までの待ち時間を思うとひるんでしまう。

野木沢《のぎさわ》という無人駅の近くには「悪戸《あくど》古墳群」の看板が見える。こんなところにも古墳があったか。今度、歩いてみよう。

磐城石川《いわきいしかわ》はこのあたりでは大きな駅。石川町は室町時代から城下町として発展したという。この駅の近くには、猫啼《ねこなき》温泉がある。

その名に惹かれて以前、行ったことがある。田園のなかに旅館が二軒ほどあるだけ。静かないいところだった。昔は農家の湯治場だったのだろう。怪我によく効くのか、先代の貴ノ花をはじめ相撲取りが多く来るとのことだった。

猫啼という名の由来は――、和泉式部（このあたりの出身という）が京に出た時、可愛がっていた猫をやむなく置いていった。主人と別れた猫は悲しくて毎日、啼き続けた。そこで猫啼の名が付いた。なんだか可愛い言い伝えだ。

矢祭町のほぼ真ん中にある東館駅も瓦屋根の木造駅舎。おそらく昭和五年（一九三〇）の開業当時のままだろう。駅周辺が町の中心になる。

駅前に小さな町立図書館がある。「矢祭もったいない図書館」とある。二〇〇七年、全国から本を送ってもらって開館したため。いわば「本のカンパ」。アイデアである。

矢祭もったいない図書館（提供　矢祭町教育委員会）

小さいが清潔な図書室だった。ためしに自分の本を検索すると、『昭和の映画雑貨店』（小学館、一九九四年）と絵本『浜辺のパラソル』（加藤千香子絵、旬報社、二〇〇二年）が出てきた。ちょっとうれしくなる。

町には少ないながらも商店が何軒かある。桶屋があるのは珍しい。農業関係の施設か、瓦屋根が波を打っている風変りなデザインの建物もある。蔵のある大きな家も目を引く。

駅前には昭和モダンを思わせる古い駅前食堂がある。これはいいと、遅い昼食を取ろうとしたが残念ながら閉まっている。休憩時間にぶつかってしまったらしい。

仕方なくそば屋かラーメン屋がないかと、歩いていたら、有難いことにもう一軒食堂があった。小さな町に食堂が二軒あるとは珍しい。こちらは開いている。

客は私一人だけ。ゆっくりとビールを飲む。おかみさんが新香を出してくれる。そばに「広報やまつり」という小冊子が置いてあった。見ると町の人の短歌が載っている。いい歌がある。

「初春を祝う賀状に代筆の添書つらき一枚あり」「吾が里はあの浮雲の下あたり遊びし友よ今は何処に」「『身上《しんしょう》の半分は馬』と祖父は語り馬衣《うまぎぬ》を着せ手綱《たづな》引きたり」

「馬衣」という言葉ははじめて知った。辞書によれば、「馬の背にかける衣。紺や萌黄《もえぎ》の木綿で作られ、持主の定紋を染め抜いた」とある。こういう言葉を歌に詠みこむとは、作者は農家の人なのだろう。

暖かい日なのでビールがおいしい。飲んでいると、散歩に出ていたらしい主人が孫娘を連れて帰ってきた。孫娘はようやくしっかり歩けるようになったらしい。手にタンポポを握っている。おかみさんが笑顔で迎えた。

その日は矢祭町の公営の宿に泊り、翌朝、東館から水郡線の上りに乗る。常陸大子《ひたちだいご》を経て水戸に出る。いつもは常磐線でまっすぐ上野に戻るのだが、この日は、大宮へ寄り道。そのために友部《ともべ》で水戸線に乗り換え、小山《おやま》へ。小山から東北本線で大宮に出る。

大宮の鉄道博物館で開かれている「鉄道×絵画」展を見る。

明治五年（一八七二）に鉄道が開通してから現代まで、鉄道を描いたさまざまな絵が展示されている。

明治時代の小林清親や歌川国松の浮世絵から、昭和はじめの放浪の画家、長谷川利行（一八九一―一九四〇）の田端機関庫を描いた「赤い汽罐車庫」まで鉄道画を楽しむ。

なかに一枚、珍しい絵がある。

勝海舟が墨で描いた「蒸気車運転絵」（明治五年）。第一号機関車が煙を吐きながら海辺を走っている。墨絵のために掛軸のよう。宮中から請われて鉄道の話をした時に即興で描いたという。

鉄道博物館に所蔵されている絵だからだろう、機関車を大きく描いた絵が多く、どれも迫力がある。とくに、三台のD51（デゴイチ）が煙を吐きながら機関区から出てきたところをとらえた木村定男「出庫前」（一九九一年）は、機関車が生きもののように見える。

鉄道は登場するや絵の重要な主題になった。近代の鉄道画はターナーの「雨、蒸気、速度」（一八五九年）に始まるとされる。霧のなかに浮かび上がるように蒸気機関車が走る。幻想的な絵。夏目漱石は『草枕』（明治三十九年）のなかで「ターナーが汽車を写すまでは汽車の美を解せず」と書き、森鷗外も同様に『青年』（明治四十三―四十四年）で「汽車はタアナアがかいたので画になった」と書いた。ターナーによって汽車という近代の風景が発見された。

二〇〇三年に東京ステーションギャラリーで開かれた「鉄道と絵画展」は、西洋と日本の鉄道画をくまなく紹介した素晴しい展覧会だったが、その巻頭を飾っていたのがターナーの「雨、蒸気、速度」だった。

鉄道画には数多くの名画があるが、なかに忘れられない絵が一枚ある。

二〇〇三年、房総半島を走るいすみ鉄道（大原―上総中野）に乗りに行った時、沿線に「田園

北総を走る六両編成（絵・久保木彦）

の美術館」というのがあることを知った。いすみ鉄道の真ん中あたりの国吉《くによし》駅から歩いて十分ほどのところにある。

ここで見た一枚の鉄道画は忘れられない。若草色の広々とした水田のなかを水平に、右から左へと鉄道が走っている。蒸気機関車が六両の車両をひいて煙をたなびかせている。手前の池の端から遠くを走る列車をとらえている。

緑一色の水田と鉄道、そして青い空。レイ・ブラッドベリの小説で知った“locomotive lonely country”という言葉を思い出させる。

久《く》保《ぼ》木《き》彦《げん》「北総を走る六両編成」とあった。一九四八年千葉県佐原生まれの画家で、元国鉄の職員だという。鉄道画を描き続けている。本当に鉄道が好きな人なのだろう。この絵はもう一度、見たい。

四月に入り、桜の花が終わると若葉の季節。窓から見える善福寺川緑地も若草色に包まれはじめた。ひときわ高いゆりの木も若葉が美しい。いや高い木ばかりではない。春は地面にもやってくる。それも庭ばかりではない。道を歩いていると地面のスキマにいつのまにか草がはえている。電信柱の下にタンポポが咲いているのを見かけることもある。

塚谷裕一『スキマの植物図鑑』（中公新書）は、町なかのスキマに生きる植物を観察した実に楽しい本。塚谷さんは植物学者だが、名著『漱石の白くない白百合』（文藝春秋、一九九三年）で知られる。漱石の『それから』に出てくる白百合は、形態などから推察すると山百合だが、山百合は白ではなく黄色が勝っている、漱石は本当は白くない山百合を白百合と書き、大半の読者も白と思いこんでしまった、と論じた。目からウロコだった。

道端のスキマで花を咲かせるノースポール、石垣のあいだに咲き誇るユキヤナギ、アスファルトのすきまに咲くスミレ。

屋根の瓦の間に入りこむアカメガシワがあるかと思うと、なんとトラックの荷台のスキマにまで根づいてしまったアメリカフウロもある（このトラックの主はよほどの植物好きか、あるいはただの無精者か）。植物の生命力に驚かされる。

筆者自身撮影のカラー写真が多数添えられている。スミレがスキマを好むとは意外。町中の石垣のあいだやアスファルトの割れ目で元気に育っている。園芸種に劣らない美しさを見せる。「家から逃げ出して路上の隙間で自活しはじめた」という文章に著者のスキマ植物に対する愛情が感じられる。

スキマは狭く、生きにくいとつい思ってしまうが、塚谷さんによれば、植物にとってスキマはむしろ「天国」なのだという。水と光があり、何よりもそこにはライバルがいないから。いわば植物の世界のよき世捨人といえようか。

これから町を歩くときにはスキマに注目しよう。散歩の楽しみがふえた。

野呂邦暢「燃える薔薇」に登場する、嶽路崎のモデルと思われる崖（提供　三和行政センター）

夭逝した野呂邦暢は好きな作家の一人だが、先日、必要があって、『愛についてのデッサン——佐古啓介の旅』（角川書店、一九七九年）を再読した。阿佐谷の町で小さな古書店を営む青年を主人公にした連作。

冒頭の「燃える薔薇」では、若くして死んだ詩人の詩集を求めて、長崎に旅する。その詩人は車の事故で死んだのだが、その場所が「長崎半島にある野母《のも》町の町はずれで、海に面してそそり立つ嶽路《たけろ》崎《ざき》という崖」。主人公はそこに行ってみる。

野母町（野母崎）は軍艦島を目の前に見る海辺の町。

二年前に旅したが、小さな実にいい町だった。野呂邦暢も訪れていたか。また出かけたくなった。

（「東京人」二〇一四年六月号）

「狂多くして出遊を愛す」人たち。

このところ、よく利根川べりを歩いている。

成田から銚子方面に向かう成田線が利根川に近づくあたりに下総神崎駅《しもうさこうざき》がある（開設は明治三十一年）。五月の晴れた日、この駅で降りた。

二つ先の主要駅、佐原に比べると小さい。ホームのすぐ横には田圃があるほど。駅舎はアーチ形のしゃれた建物だが、駅前にはほとんど商店がない。

明治に開通した鉄道によくあることだが、駅と町が少し離れている。東京の近くでは、中央本線の上野原、身延線の鰍沢口がそう。

ここも駅から昔の街道の名残りのような道を十五分ほど歩くと町になる。それほど多くはないが、酒屋、食堂、パン屋、それに豆腐屋などの商店が並んでいる。豆腐屋の店先には、昼前なのにもう「売り切れました」とある。このあたり、水がいいのだろう。

利根川沿いの北総の町々は江戸時代、水運でにぎわったが、鉄道の時代、さらには車の時代になると、にぎわいが消えていった。

しかし、歴史のある町の落着きが随所に感じられる。町には江戸時代から続く造り酒屋が二軒ある。明治時代には七軒もあったという。二軒のうちの一軒、寺田本家の建物は瀟洒なレンガ造り。塀もレンガ。明治モダニズムを感じさせる。

さらに歩いていると生垣の向うに煙突が見える。銭湯かと思ったら醬油蔵だった。やはり明治の頃は三軒あったという。それでなのだろう、神崎町は「発酵の里」と謳っている。歴史のある町だと分かる。

平日の昼下がり、人の姿はさほど多くない。行きあう人が、大人も子供も学生も「こんにちは」と声を掛けてくれる。派手な看板がないのも、生垣が多いのも好ましい。五月のこの季節、あちこちに緑がある。

商店街のそばに、こんもりとした森が見える。木々に隠れたような石段を上ると、神崎神社の境内になる。人が誰もいない。静かななか、大きなクスノキが臼のようにでんと立っている。「なんじゃもんじゃ」の木。案内板によれば、水戸光圀が「この木はなんという木か」と尋ねたので「なんじゃもんじゃ」と呼ばれるようになったという。

東京にも「なんじゃもんじゃ」はある。明治神宮外苑のものが有名だが、銀座のみゆき通りにもある。どちらもクスノキではなくヒトツバタゴ。

町に高い建物はない。自動車道路沿いの量販店やレストランもない。住宅地が尽きると水田がある。菜の花畑だけではなく、れんげ畑もある。東京の近くにこんな里の風景が残っているとは。

住宅地の裏山に入ってみたら「中ノ城古墳」という古墳があった。盛り上がった土の上にクス

江戸より続く造り酒屋、寺田本家

神崎神社境内にある「なんじゃもんじゃの木」（以上、2点 提供 神崎町）

ノキやケヤキ、スギが立っていて、言われなければそれと分からない。それでも整備され、レプリカのようになってしまったものに比べると、ひっそりと神さびている。

木々のあいだから下を見ると、田植えを終えたばかりの水田が広がっている。まさに水鏡。荷風の文章を借りれば、「挿秧《そうおう》早くも終りて水田一望青緑染むるが如し」。二〇〇九年に東京国立近代美術館の「生誕百二十年　小野竹喬展」で見た水田の絵を思い出す。年齢をとるにつれ、水田の美しさに惹かれてゆく。

新緑に包まれた静かな町――、鉄道の駅から離れているために、神崎には落着いた町並みが残っているのだろう。

神崎神社に戻り、その裏手の土手を上がると、目の前に利根川のみごとな水景が広がる。若草色の草土手に腰を下ろし、出がけに新宿駅で買った崎陽軒のシウマイ弁当を開く。

川の向うは茨城県。地図を見ると霞ヶ浦が近い。先だってお会いしたつげ義春さんは、霞ヶ浦から少し入った江戸崎という町がいいところだったと言っていた。今度、行ってみよう。

昭和三十年代のはじめ、神崎を歩いた文人がいる。国文学者の岩本素白《そはく》（一八八三―一九六一）。散歩随筆をよく書いた。

「狂多くして」という随筆（昭和三十二年）に神崎を歩いた時のことが書かれている。

「神崎の森の古い石段は狭くかつ急であった」「下から仰いだ此の丘の樹木は鬱蒼として黒く茂り、一見して古い神の森という感じであった」（『岩本素白全集　第二巻』春秋社、一九七五年）。石段を上って「なんじゃもんじゃの木」を眺めている。

岩本素白は、明治二十八年（一八九五）に江原素六が創立した麻布中学の出身。私の大先輩になる。若き日と、早稲田大学教授を引退したあとと二度、母校で教えている。

二度目の時は、昭和二十九年から三十四年までだから、三十二年に麻布中学に入学した人間としては知っていていいはずだが、残念ながら先生の授業は受けていない。中学生では素白の名はまだ知らない。

中学の時の日本史の先生は、昨年（二〇一三）亡くなった文化人類学者の山口昌男先生。当時まだ二十代だった。

山口先生は『内田魯庵山脈――〈失われた日本人〉発掘』（晶文社、二〇〇一年）のなかで、麻布で教えていた頃、教員室で岩本素白とよく一緒になった思い出を書いている。

若き日の山口先生は、素白のことをよく知らなかった。それで休み時間、素白と世間話しかしなかった。

あとになって、『素白随筆』（春秋社、一九六三年）を読み、感嘆。「こんな凄い文章を書く人物を前に一年もの間、世間話しかしなかった自分は何て馬鹿だったのか悔まれてならなかった」。

当時、素白は知る人ぞ知る、いわば市隠の人だったのだろう。

素白の神崎行の随筆は「狂多くして」と題されている。明の高青邱という詩人の「狂多くして出遊を愛す」からとられているという。素白はこれを「気まぐれで出歩くのが好き」と訳した。

町歩きの好きだった荷風に通じる心がある。

私の麻布高校時代の物理の先生は、のちに校長になられた大賀毅先生。大賀先生は随筆集『青春の夢』（文京書房、一九九二年）で素白に一章を割いている。

「かれは戦災で蔵書など一切喪い、北信濃に流離したとき、炉にくべる榾《ほだ》（注、薪のこと）の一本を抜いて《狂多愛出遊》の五字を刻み、山村を間歩《かんぽ》する六十路《むそじ》の身の杖とした」とある。

素白が神崎を歩いたのは七十歳を越えてから。下総神崎のひとつ成田寄りの滑河《なめがわ》から歩いている。健脚。この「狂多愛出遊」と刻んだステッキを持って歩いたのだろう。私も七十歳を過ぎてまだ元気だったら、こんなステッキを持って歩きたい。


丸田祥三さんの新著、写真と文から成る『東京幻風景』（実業之日本社）が素晴しい。

幻想の彼方から浮かび上がってくるような建物やトンネル、廃電車の美しさもさることながら、それらを撮影した場所が、案外、東京近辺という近場であるのが面白い。

遠くまで出かけることはない。丹念に歩けば、身近かなところに忘れられた懐しい風景や、見たこともない不思議な異空間が残っている。それまでひっそりと隠れていた彼岸が、丸田さんの前に姿をあらわす。みごとな異界遍歴になっている。

東京都内、奥多摩、房総、横浜、少し足をのばして群馬や栃木、静岡や埼玉、茨城。ページを開いた時、あっと息をのんだ写真が三枚ある。

ひとつは「木更津の海上電柱」。海のなかから遠くまで電柱が並んでいる。沖からやって来る者の通り道のよう。沖にある密漁の監視小屋まで電気を送るために作られた。現在は撤去されているという。

もうひとつは、宇都宮市の「ドライブインの廃墟」。昭和三十年代に大谷石の産地、大谷町にあったドライブインの廃墟だという。林の奥から忽然とあらわれた建物は、まるで古代の神殿のように見える。廃墟になることで神を呼びよせている。

三枚目は「奥多摩工業氷川鉱山氷川線川乗橋梁」。東京の奥、青梅線の終点、奥多摩駅のその先に、まだ鉄道があるという！　石灰石鉱山と工場を結ぶ貨物トロッコ線。まったく知らなかった。東京の奥の奥を走るこの小鉄道には、谷に架けられた鉄橋がある。丸田さんはそれを下から見上げるように撮っている。橋が空に浮かんでいるかのよう。異界との架け橋になっている。

大都市東京の近くにまだ、こんな秘境が残っている。丸田さん、よく見つけ出した。氏もまた「狂多くして出遊を愛す」人なのだろう。

映画と演劇は近接している。例えば杉村春子や山田五十鈴は映画女優としてだけでは語れない。数々の舞台での名演がある。

映画評論を仕事にしている人間はつい、舞台のほうがおろそかになる。名優の舞台を見逃がしてしまう。だから実によく舞台を見ている矢野誠一さんの演劇エッセイを読むようにしている。

矢野誠一さんの新著『劇場経由酒場行き』（幻戯書房）も面白く読んだ。

池内淳子追悼の文章は、映画評論を手がけている人間には耳が痛い。二〇一〇年に池内淳子が亡くなった時、メディアの訃報では映像の世界での業績に限定されてしまい、『放浪記』や『三婆』の舞台でいくつもの賞を受けたことが書かれなかった。谷啓や小林桂樹の場合もそうだった。それぞれ『屋根の上のヴァイオリン弾き』、『不信のとき』が忘れられた。反省させられる。

矢野さんは荷風好き。「マダムのむかし」という一文がある。

四谷しんみち通りにあった小さな酒場を夫と共に切りまわしていた田中カヅイという「マダム」を回想している。二〇〇六年に八十一歳で亡くなったが、この女性、若い頃、浅草の舞台に立っていたという。そして荷風に可愛がられた。

こういう話は矢野さんのように年季が入った人でないと書けない。（「東京人」二〇一四年七月号）

緑の水田をゆく葬列。

福島県のほぼ真ん中に位置する郡山は、鉄道好きには鉄道の町として知られている。東北新幹線、東北本線の他に、水戸に向かう水郡線、東のいわきに行く磐越東線、西の会津若松に行く磐越西線と三つのＪＲが発着する。

昭和三十三年の東映映画、家城巳代治《いえきみよじ》監督の『裸の太陽』は、当時の国鉄で働く蒸気機関車の機関助士（江原眞二郎）の青春を描いた映画で、鉄道好きにはよく知られている。映画のなかで明示はされていないが、郡山の機関区でロケされている。いまも郡山の新幹線のホームからは当時の転車台を見ることができ、昭和三十年代、まだ蒸気機関車が活躍していた時代を偲ばせる。

六月のはじめ、梅雨の合間に郡山から磐越東線（通称ばんとう線）に乗った。途中の小野新町《おののにいまち》行きの二両の気動車。この町はいままで通過するだけだった。一度、降りてみたいと思っていた。猪苗代湖や磐梯山のある磐越西線に比べると磐越東線は、沿線に有名な観光地がなく地味だが、そのぶん生活列車の落着きがある。

神俣駅の駅舎（提供 JR東日本仙台支社福島支店）

大正六年（一九一七）の開通。太平洋側の水産物や常磐炭鉱の石炭、内陸部のセメントや石灰を運んだ。だから往時は貨物列車がゆきかった。

郡山を過ぎてすぐ阿武隈《あぶくま》川を渡る。市街地からやがて田園風景になってゆく。春の滝桜で知られる三春、さらに小沢の桜が美しい船引《ふなひき》へと走る。

小沢の桜は、二〇〇〇年の映画、篠原哲雄監督の『はつ恋』で、余命わずかとなった母親の原田美枝子が、娘の田中麗奈と最後に見に行った桜。あの映画を見たあと、桜はとうに終わっていたが、足を運んだ。

大越《おおごえ》駅からは以前、セメント工場に通じる専用線が分岐していたが、『はつ恋』が公開された頃にセメント工場が閉鎖されて、なくなってしまった。

大越から二つ目の神俣《かんまた》駅（大正四年開設）は小さな駅だが、駅舎が、ベランダのある洋館でしゃれている。屋根に塔もあり、燈台のよう。町にある「星の村天文台」を模したという。

はじめ、まっすぐ小野新町まで行く予定だったが、

小野町を流れる夏井川（提供 福島県小野町観光協会）

駅舎を見たくて途中下車。一緒に降りた四、五人の乗客は駅前から車やタクシーで近くの観光地、鍾乳洞があるという「あぶくま洞」に行ってしまう。駅前に一人残される。

次の列車までなんと四時間以上ある。

思い切って一駅（約六キロ）のことなので歩くことにする。幸い、天気はいいし、風も高原のようにさわやか。

住宅地がつきると、道は田圃に沿う。田植えを終わったばかりの水田が広がり、その向こうを鉄道の線路が走っている。

しばらく歩くと、田の中を川が流れていて、堤が桜並木になっている。地図を見ると夏井川とある。川沿いに一時間ほど歩くと、小野の町に入る。

跨線橋で磐越東線を越え、坂を下るとディズニーランドのようなお城が見えてくる。若い女性に人気がある「リカちゃんキャッスル」。リカちゃん人形のミュージアムと、人形を作る工場になっている。

阿武隈高地にリカちゃん人形とは意外な組み合わせだが、もともと玩具メーカーのタカラの工場が小野町にあり、人形が大人気になって「リカちゃんキャッスル」ができた（一九九三年開設）。いわば地場産業になる。玩具が町を元気にしている。

小野新町の駅は、町なかより少しはずれたところにある。それでも昔ながらの駅前旅館があり、小さな商店街にはちゃんと食堂もある。

小野町には、平安の美女、小野小町が生まれたという言い伝えがあり、駅の近くには、「小野小町生誕の地」の碑もあった。

現代の小野町出身者には、舟木一夫が歌った昭和三十年代の大ヒット曲「高校三年生」（作曲、遠藤実）の作詞家、丘灯至夫《おかとしお》がいる。町の文化施設「小野町ふるさと文化の館」のなかには、「丘灯至夫記念館」があった。郷土の人間をきちんと顕彰している。

〽汽車の窓から　ハンケチ振れば……。昭和二十九年のヒット曲、昨年（二〇一三）亡くなった岡本敦郎が歌った「高原列車は行く」の作詞者も、丘灯至夫。鉄道好きにはよく知られた歌。作曲の古関裕而も福島県の出身（福島市）。福島コンビの歌だったか。

ちなみにこの歌のモデルになった「高原列車」は、かつて磐梯山の麓を走っていた軽便鉄道、日本硫黄沼尻鉄道。昭和四十四年（一九六九）に廃線になったが、その姿は、昭和三十年の日活映画、久松静児監督『続・警察日記』で見ることができる。

冒頭、田舎町を玩具のような蒸気機関車が二両の箱型車輛をひいて走る。線路を牛がふさいでしまうと、牛がどくまで待っている。のんびりしている。この軽便鉄道が「高原列車」。窓からハンケチを振る乗客に、「牧場の乙女」が花束を投げる。牧歌的だ。日本硫黄沼尻鉄道は、磐越西線の猪苗代湖に近い川桁《かわげた》駅から出ていた。小野町出身の丘灯至夫が「高原列車は行く」を作詞することで、磐越東線と磐越西線を結んでいる。

遅い昼食をとろうと、商店街の小さな食堂に入った。はじめ、つげ義春の「リアリズムの宿」ではないが、殺風景な店で、選択に失敗したと思った。女性の店員がいない。主人はいかにも愛想が悪く、いかつい。メニューの数も少ない。ところが――。ビールを頼んだ。どうせ、ビールだけだろうと思っていたら、ちゃんと冷や奴を出してくれる。これがうまい。さらにはテーブルには自家製らしい梅干しが置いてあり、これも好ましい。ビールを一杯飲むころには、すっかり、この店が気に入ってしまった。

年齢のせいだろう。最近、先輩や友人が次々に逝く。人の世の儚さを思わざるを得ない。草思社から六月に出版されたサラ・マレー『死者を弔《とむら》うということ――世界の各地に葬送のかたちを訪ねる』(椰野みさと訳)を読む。

ニューヨークで活躍するイギリス人のジャーナリストが、死を、葬儀を考える。いわば、心のなかで死の準備をする。

この女性は、世界の第一線で活躍するジャーナリストとして、現実のただなかに生き、これまで死や、死後の世界のことを考えてこなかった。

それが、父親の死に接し、はじめて死を真剣に考えるようになった。

「誰か愛する人を亡くしたとき、そのことは私たちを悲しみと喪失感で満たすばかりではなく、私たち自身の死の影をより鮮明なものにする」

父親は癌で死んだ。農業検査官で農家の相談員などしていた実務的な人間だったので、徹底的な無神論者で、かねて葬儀は簡素なものでいいと言っていた。

ところが、死に直面して、ひとつ希望を言った。遺灰を自分の好きな土地、緑の美しいウェスト・ドーセットの教会の墓地に撒いてほしい、と。そこには父の二人の親友が眠っている。死後の世界など信じていないはずの父が、最後にそう望んだ。

著者（独身のようだ）は、父の死に接し、自分は死をどう迎えるのか真剣に考えるようになった。そして、いかにも世界的に活躍するジャーナリストらしいのだが、世界の他の国々の人々は死者をどう弔うのか、死者にどう接するのかに興味を覚え、各地の葬儀を取材してゆく。いわば、葬儀の文化史。

イラン、バリ島、シチリア、ガーナ、香港、フィリピン、カルカッタ、チェコ、メキシコ。

旅しているうちに死が怖れるものではないと思うようになってゆく。ガーナには、棺桶を自分の好きな形に、例えば車や飛行機に模して作る習慣があると知り、自分もそうしようと棺桶職人に依頼する。

頼んだ棺桶は、自分の仕事の場所だったニューヨークを象徴するエンパイヤ・ステート・ビルを模したもの。できあがってガーナから届いたその棺桶に入ってみるところは厳粛でもあり、ユーモラスでもある。そうやって彼女はいずれ訪れる日のために心の準備をしているのだろう。

雑誌「東京人」の創刊編集長だった粕谷一希さんが亡くなった（五月三十日。八十四歳）。

私にとって大恩のある大先輩。訃報に接して、悲しく、そして心細さに襲われる。

粕谷さんは若い頃から悠然とした大人《たいじん》の風格があった。近代日本の社会で長くエリートといわれたのは、旧制高校の出身者だった。小津安二郎の戦後の映画に登場する笠智衆や佐分利信、中村伸郎らは明らかに旧制高校の雰囲気を持っている。

知性、教養があり、何よりも品がいい。そして友情を大事にする。現在、日本の社会から消えつつある良きエリートである。戦後、一高から東大に進んだ粕谷さんは、最後の旧制高校世代といっていい。

その世代のエリート臭を嫌う人も多い。しかし、エリートゆえの「ノーブレスオブリージュ」（高貴なものの責任感）があったことも確かである。

タイタニックの悲劇の時、先を争って救命ボートに乗ろうとする乗客のなかでイギリスの紳士は、"Be British."（イギリス人であれ）と最後まで船にとどまったという。「ノーブレスオブリージュ」の最良の例だろう。

粕谷さんには、そういう高貴な精神があった。「人には恥らいが大事だ。人を押しのけてまでというのはいけない」という粕谷さんの言葉を思い出す。

粕谷さんは、友情に厚い方だった。「青春とは友情の季節である」と言う。とすれば、誰よりも老成して見えた粕谷さんは、実は、誰よりも若かったのかもしれない。

磐越東線の神俣駅から小野新町駅に向かって、緑の水田に沿った道を歩いていた時、道の向こうに思いがけない光景を見た。

車が何台か田のなかの道にとまった。何だろうと見ていると喪服を着た人たちが車から降りて来た。二十人くらいいただろうか。先頭の女性が遺影を持っている。田の先きの山裾に墓地があり、そこに向かってゆく葬列だった。

思わず、手を合わせた。

（「東京人」二〇一四年八月号）

賢治ゆかりの盛岡を歩く。

今回も、東北の旅の最後はやはり好きな町、盛岡にした。

集英社文庫の鉄道の本の仕事で、編集部のAさんと秋田、青森を旅した。秋田内陸縦貫鉄道と五能線、さらに私鉄の弘南鉄道を楽しんだ。

二泊三日。最後の夜は弘前。次の日、そこからまっすぐに東京に帰れるのだが、ここまで来たら盛岡に立寄りたい。

弘前から弘南鉄道大鰐線でＪＲと接続する終点の大鰐温泉駅に出て、そこから花輪線経由で盛岡に出る。花輪線は形の上では大館―好摩《こうま》間だが、実際は盛岡まで行く列車がほとんど。この時期（七月のはじめ）、沿線風景が素晴らしい。

列車は緑の水田のなかをゆく。駅はどこも小さいが、駅周辺はそれなりの町になっている。大自然のなかを行く鉄道より、こういう緑のなかの箱庭をゆく鉄道のほうが心なごむ。「大滝温泉」や「湯瀬温泉」と温泉の駅名がある。八幡平の山麓を走るから、温泉が多いのだろう。

山田洋次監督の「男はつらいよ」シリーズ第三十五作『寅次郎恋愛塾』（樋口可南子主演）では、渥美清の寅さんが、失恋したと思いこんで故郷の秋田に帰った若者（平田満）のあとを追って、

岩手山を背景に水田の中を走る花輪線（提供　八幡平市）

花輪線の「陸中花輪」駅（現在の「鹿角花輪《かづのはなわ》」）に降り立っている。

花輪線は「十和田南」駅で方向を換え（スイッチバック）、秋田県から山形県に入る。やがて右手車窓に岩手県を代表する山、岩手山の雄姿が見えてくる。

列車は好摩から第三セクターのＩＧＲいわて銀河鉄道（新幹線が走る前は東北本線）に入る。石川啄木の故郷がある渋民《しぶたみ》駅を過ぎればすぐ盛岡。

盛岡に着いたら、することは決まっている。

駅ビルのなかにある回転寿司「清次郎」へ。ここの寿司は回転寿司とは思えないほどうまい。盛岡の人ならたいてい知っているという。「福田パン」と並んで盛岡のソウルフードと言っていいのではないか。

食事を終えたあと、Ａさんが、盛岡に実家のある作家、木村紅美《くみ》さんと連絡をとってくれる。木村さんはお母さんの運転する車で現われた。仲の良い親子だ。

Aさん、木村さんの三人で盛岡の町を歩く。人口三十万人の盛岡の良さのひとつは「歩ける町」であること。日本の地方都市の多くが車社会になっているなか、盛岡市内には歩ける通りがまだ残っている。

にぎやかな商店街、昭和の建物の残る横町や路地、城跡、中津川に沿った散歩道、北上川の見える商店街、昔の擬宝珠《ぎぼし》の残る橋などなど、いいところがたくさんある。それでいてにぎやかな観光地になっていない。落着いた生活感がある。

町のあちこちに湧水があるのにも驚く。近所の女性がペットボトルを何本も抱えて水を汲みにやってくる。橋の畔のこの井戸は、若き日の宮沢賢治が使ったことがあるという。

愛読しているミステリ作家、島田荘司の吉敷竹史シリーズ第三作『北の夕鶴2／3の殺人』（光文社、一九八五年）は、警視庁の刑事、吉敷竹史が、別れた妻の巻き込まれた事件を解決する話だが、彼の元妻は盛岡市の出身。そのため吉敷刑事は何度か盛岡に行ったことがあり、北のこの町を気に入っている。行くと必ず町を歩く。「タクシーに乗ったことは一度もない」。

歩くのが楽しい町であることがわかる。雫石川、北上川、中津川と町なかを三つの川が流れる。「北の川は水がとても清潔そうに見える」。

木村さんに、材木町にある賢治ゆかりの民芸品店、光原社《こうげんしゃ》を案内してもらう。宮沢賢治が生きているころに出版された唯一の童話集『注文の多い料理店』は、当時、出版社として始まった光原社で出版された。

木村紅美さんの、盛岡を中心にした短篇集『イギリス海岸　イーハトーヴ短篇集』（メディアファクトリー、二〇〇八年）の一篇「中庭」は、光原社の中庭を舞台にしている。

中庭には喫茶店やギャラリーがある。壺や、カエルやカタツムリの置物が置かれている。「私のお気に入りの場所のひとつだ」「突き当たりは北上川に面していて、ベンチが設置されており、一人でぼおっと座って、きらめく水面をながめているのも好きだ」

町のなかに、一人で過ごすことのできる、心地よく秘密めいた場所を持っているのはいい。

中津川沿いを歩いた。両岸がカミソリ堤防ではなく、草土手になっている。河川敷もある。町なかの川なのに自然の川の良さを残している。

川を眺めながら歩いていたら、川べりのベンチにおじさんが一人座って弁当を食べている。夕方、一人暮しの男性がわびしくコンビニ弁当でも開いているのかと思ったが、ちらっと弁当を見ると、手製の弁当らしい。中津川を眺める心地よい場所で、孤独を楽しんでいるのかもしれない。木村さんも弁当に気づいて「いい感じですね」。

中津川べりには六、七階ほどのマンションがいくつか建っている。盛岡に住むとしたらどのマンションがいいだろうかと、「家探し」を楽しむ。

「夏はいいけれど、冬の寒さはこたえるだろうな」と年寄りじみたことを言うと、木村さんが「冬になるとシベリアから渡り鳥がたくさんやってきて、にぎやかになるんです」と教えてくれる。冬の渡り鳥が楽しみなのだという。盛岡にはいろいろな良さがある。

二年前（二〇一二）の秋、盛岡市で講演をした。近代文学史家の平岡敏夫さんと一緒だった。平岡さんは昭和五年（一九三〇）生まれ。盛岡で、十五歳の陸軍少年飛行兵として敗戦を迎えたという。それだけに北の町への思いは一段と深いものがあるのだろう。

講演で「東北の夏、敗戦の夏」という少年兵時代の想い出を綴った詩を読まれたが、曹長の鋸によるビンタの恐怖のくだりなど粛然とした。敗戦後、盛岡駅から満員の列車へ窓から押し込まれ、故郷香川県へと復員したという。

盛岡は大きな空襲に遭っていないが、それでもこの町にも確かに戦争の記憶がある。

平岡敏夫さんは近年、明治文学史を戊辰戦争の敗者の側から読み直すという試みをされている。例えば、漱石の『坊っちゃん』の主人公は「これでも元は旗本だ」という佐幕派なのをはじめ、山嵐は会津藩の出、うらなりも佐幕派、松山の士族の出、清も明らかに旧幕側の娘。とすれば『坊っちゃん』は、青春小説というよりも佐幕派小説であると。

平岡さんの近著『佐幕派の文学史——福沢諭吉から夏目漱石まで』（おうふう、二〇一二年）は、そうした卓見にあふれ、目からウロコの連続だった。

盛岡の南部藩は戊辰戦争の敗れた側。平岡さんはそこに共感している。

講演で朗読された詩にもこうある。

「奥羽越列藩同盟を結成し、会津藩を支えて、薩長連合軍に敗れた東北。白河以北一山百文《ひとやまひゃくもん》と言われ、南部藩士の子弟原敬が一山《いちざん》と称した東北。」

盛岡の良さの根底には、敗れた側の悲しみがあるのかもしれない。

秋田美人ほど知られていないが、南部美人といって盛岡には美人が多い。ただ面白いことに、盛岡からはほとんど芸能人が出ていない。これは、派手なことを嫌う県民性のためだという。


フランス文学者の西永良成さんが訳したブノワ・デュトゥルトルの『フランス紀行』（早川書房）を手にした瞬間、心躍った。

モネの絵のなかでいちばん好きな「サン・タドレスのテラス」が表紙にあしらわれているから。この小説は、ル・アーブルの町に近い海辺の保養地サン・タドレスのテラスを描いたモネの絵に魅せられて、すっかりフランスが好きになるアメリカの現代青年が主人公になっている。一枚の絵を通してフランスが好きになり、まだモネの時代の穏やかな文化が残っていると夢見て大西洋を渡るのだが――。

モネの「サン・タドレスのテラス」は、海に面したホテルらしい別荘のテラスが描かれている。海に張り出した舞台のようなテラスには花が咲き乱れ、手前には老夫婦が籐椅子に座り、その向うには恋人らしい男女（男は老夫婦の息子か）が立っている。二人の女性は、パラソルをさしている。いかにもベルエポックの雰囲気をただよわせている。

この絵を好きな人は多い。これまで映画のなかで二度、見たことがある。

ひとつは、ニール・ジョーダン監督の『モナリザ』（一九八六年）。刑務所帰りの冴えない中年男ボブ・ホスキンスが親分の命令で高級娼婦（キャシー・タイソン）の運転手兼用心棒になる。そのうち彼女が好きになり、親分から逃がそうとする。

二人でイギリスの保養地ブライトンのホテルに身を隠す。この時、ボブ・ホスキンスが泊る部屋に飾ってあったのが「サン・タドレスのテラス」だった。

もうひとつ。ベット・ミドラーとリリイ・トムリンが共演したコメディ『ビッグ・ビジネス』（一九八八年、ジム・エイブラハムス監督）で、二人が泊るニューヨークのプラザ・ホテルの部屋にこの絵があった。

柔らかい光にあふれたモネの絵は忙しい現代人の心を慰めてくれるのだろう。

モネは若い頃に奥さんを亡くしている。夫人カミーユ（「日傘を持った女」のモデル）は、二番目の子を出産して亡くなった。まだ三十二歳の若さだった。その後、モネはしばらく女性の絵を描く気力をなくしたという。

（「東京人」二〇一四年九月号）

千倉の青い海と水丸さん。

房総半島の南端に千倉《ちくら》という町がある。以前は独立した町だったが、平成十八年(二〇〇六)の平成大合併で、隣接する丸山町、白浜町、さらに花とクジラで知られる和田町などと共に南房総市になった。

千倉は東(外房)の安房鴨川と、西(内房)の館山のあいだにある。内房線が走る。その千倉駅(開設は大正十年)は、房総半島の最南端駅になる。平屋の駅舎は開業当時のままではないか。

千倉は魚と花の町。人口一万五千人ほどの町には、海側に小さな漁港がいくつも数珠のように並んでいる。海女もいる。ちいさな観光地だが、漁業と花卉《かき》栽培がさかんで、湘南の海の町に比べると、漁師町の生活感がある。

それでも海水浴場があるから、夏はにぎわう。そういえば、つげ義春の漫画『庶民御宿』(一九七五年)は、つげ義春らしい主人公が友人と、千倉の海で「ひと泳ぎ」しようと出かけたものの途中で道に迷ってしまい、隣の丸山町に行く話。房総半島を愛したつげ義春らしい作品で、千倉から丸山町にかけての、まだひなびた雰囲気が残るあのあたりを、よくとらえている。

人が出る夏休みになる前、一日、千倉に行った。駅を降り、小さな商店街を歩き、漁港に出て、海を眺めた。

千倉は、三月に急逝した安西水丸さんが子供時代を過ごした故郷というべき地で、白間津《しらまづ》漁港に架かる南房千倉大橋の舗道には、水丸さんが描いたタイル画が敷かれている。

千倉の海が、ライトブルーで描かれている。水丸さんには『青の時代』という漫画（青林堂、一九八〇年）があるが、生涯、青が好きだった。子供時代に見た千倉の海が忘れられなかったからだろう。

白間津漁港を見ながら、水丸さんの冥福を祈った。


水丸さんは小説も書いた。

なかで好きなのは、千倉での少年時代を描いた『荒れた海辺』（新潮社、一九九三年）。水丸さんは昭和十七年（一九四二）生まれで、私よりも二歳上になるが、戦争が終ったあとの、まだ貧しかったが、まだどこか牧歌的だった昭和二十年代から三十年代はじめにかけての水丸さんの子ども時代は、私の子ども時代とも重なるところがあって、無性に懐かしい。

この時代を子どもの目で描いた小説は案外、少なくて、その点で貴重でもある。

水丸さんは東京に生まれたが、身体が弱かったため、三歳の時に、母親の故郷、千倉に転地した。設計事務所を開いている父親、兄姉と離れ、母親と二人、町長をしていたという祖父の別荘で暮した。終戦直前、昭和二十年のはじめだったという。

『荒れた海辺』は、戦後の千倉での子供時代の物語。宮沢賢治や坪田譲治の子供を主人公にした童話を思わせる。

子供たちは海で泳ぐ。山に入る。紙芝居を見る。町にはサーカスがやって来る。村芝居も来る。漁師町だから、戦後の混乱期にある東京よりは食糧事情はよかったようだ。

母親は海女から分けてもらったアワビでカレーライスを作ってくれる。アワビ入りカレーとはなんと贅沢だろう。水丸さんはカレーが大好きだったが（「東京人」のカレー特集にも登場した）、この母親の作るアワビ入りカレーが忘れられなかったかもしれない。

水丸さんは七浦小学校に通っていたが、ここは、草創期のハリウッドで活躍した、俳優の早川雪洲が卒業した学校でもある。水丸さんは小学生の頃から絵がうまく、しばしばコンクールに入選していたという。

千倉時代には父親の死にも遭っている。実際は三歳の時だが、小説のなかでは五歳のときになっている。父親が亡くなったことで、千倉の町は水丸さんにとって、より大事になったのではないだろうか。


千倉の町を知るようになったのは、水丸さんを通してだった。『荒れた海辺』を読んだあとには、すぐに千倉に旅した。その頃から房総半島を旅するのが好きになり、一九九五年に『火の見櫓の上の海――東京から房総へ』（NTT出版）という旅の本を書いた。

装幀はもちろん水丸さんにお願いした。表紙の絵は、瓦屋根と火の見櫓の上に青い海が広がっている。千倉の海だったのだろう。

南房千倉大橋からの眺め

南房千倉大橋の舗道の安西水丸さんによるタイル画
(以上2点、提供 南房総市)

はじめて水丸さんにお会いしたのは、一九七七年にブロンズ社という、いまはなくなった出版社から『傍役グラフィティ――現代アメリカ映画傍役事典』を出すことになり、表紙をお願いしたときだった。

三月に水丸さんが亡くなったあと、六月に出版された最後のエッセイ集『ちいさな城下町』（文藝春秋）を読んでいたら、水丸さんがこのことを書いていた。

「この本の装丁はぼくがやっている。イラストレーターとしてそこそこ名前が知られはじめた頃の仕事で、依頼された時はうれしかった」

水丸さん、「うれしかった」のは私のほうです。そして、いま水丸さんが当時のことを覚えていることを知って胸が詰まった。二人ともまだ三十代だった。

千倉の海を見ながら、水丸さんに別れを告げた。

東日本大震災で東北沿岸部を走る鉄道（九路線が走っている）は大きな被害を受けたが、奇跡的に一人も犠牲者が出ていない。

この事実を、3・11のあと、その年の八月に新潮社から緊急出版された『日本鉄道旅行地図帳――東日本大震災の記録』で知った。

監修者の今尾恵介さんが冒頭に書いている。

「走行中の多くの列車が地震・津波に遭遇したものの、乗務員や乗客の冷静な対応により津波の到達前に列車から避難し、幸いにして一人の犠牲者も出なかったことは特筆に値する」

無論、さまざまな幸運が重なった結果ではあるだろうが、そこで人の和があったことは確かだろう。鉄道が人を結びつけたといえばいいだろうか。鉄道の底力を感じる。

鉄道好きで、「旅と鉄道」誌（朝日新聞出版）の編集長を務める芦原伸さんの『被災鉄道　復興への道』（講談社）は、この奇跡を検証した労作。

あれだけの被害を受けながら、鉄道にはなぜ一人も死傷者が出なかったのか。芦原さんはその理由を知りたくて、何度も東北に行く。破壊された駅、鉄路を歩き、乗務員や乗客に話を聞く。

その日、走行中の列車は地震とともに非常停止した。トンネル内で止まった列車もある。やがて車内の誰かが、津波の危険を察知する。そこから乗客と乗務員、沿線住民の自然発生的な協力が生まれる。的確な判断を下すリーダーが現われる。自分のことより他人を助けようとする思いが生まれる。

鉄道の各所で「奇跡」が自然に生まれる。これはもしかしたら、東北の鉄道がいわばローカル線であり、ふだんから乗務員と乗客、住民のあいだに親しい人間関係があったからではないか。ローカル線であることが幸いしたのではないか。

沿線の地理、地形に詳しい人間がいたこともローカル線だからだろう。

仙台と石巻を結ぶ仙石線の下り列車は、野蒜《のびる》駅近くで停車した。乗客は九十六人。大きな揺れに車内は混乱した。

乗務員は、津波が来るので近くの避難所に乗客を誘導しようとした。高齢者から先に降ろした。乗客が線路伝いに歩き始めた。

その時、一人の乗客が言った。

「ここ（列車の停車した位置）は周辺では一番高いところだから動かないほうがいい」

この乗客は地元に住む元消防団員だったという。乗務員は、地元の人の意見に従い、すぐに乗客を車内に戻した。それが幸いした。ローカル線ならではだろう。

もし東京で直下型の地震が起きたら、こういうローカル線だからあり得た、良きコミュニケーションが生まれるか。考えざるを得ない。


芦原伸さんは何度も東北に行き、実によく取材している。だからこそ「取材拒否」にもあう。気仙沼線の列車に乗り合わせ、なんとか助かった女子高校生たちに取材しようとした時、先生はこう言って取材を断ったという。「あれ以来取材要請が多く、本人たちも戸惑っている。今はあまり刺激を与えないようにしたい」。

取材の難しさを芦原さんは率直に書いている。実際、何度も「取材拒否」にあったという。その理由は「二度と思い出したくないから」。惨事の大きさを改めて考えさせる。

ジャーナリストはこういう時、ひるんでいいのだと思う。


七月に七十歳になった。自分がこんな年齢になるとは、にわかには信じられない思いがする。

家内が逝って六年。一人でよく持ちこたえて来たと思う。もの書きという仕事をしてきたおかげだろう。というのは、もの書きは日常つねに編集者に助けられている。支えられている。それが幸いしている。

「東京人」の創刊編集長だった粕谷一希さんは、「（編集者は）筆者の能力だけではなく、趣味や癖まで呑みこんで、助産婦役として、筆者の最高の能力を引き出さなければならない」と言っている。

もの書きはつねに編集者という、よき「助産婦」に助けられている。七十歳、古稀の祝いの会をしてくれたのは、親しくしている編集者たちだった。無論、皆さん、若い。私から見れば子供の世代。子供のいない一人暮しの人間がなんとか古稀を迎えられたのは、若い編集者たちのおかげと、有難く、うれしかった。

（「東京人」二〇一四年十月号）

道北と宮地嘉六に感じる清貧の思想。

夏の終わり、北海道を旅した。

毎年、夏に数日間、札幌の友人たちと「大人の遠足」と称して北海道を旅する。ふだん一人旅が多い人間には、親しい友人たちとの旅は、たまさかの遠足の楽しさがある。

今回の旅先は道北。札幌から宗谷本線で名寄《なよろ》に出て、そこでレンタカーを借り、友人の運転する車で天塩《てしお》を中心に北海道の日本海側を走る。北海道はかつては鉄道王国だったが、車社会になって鉄道は次々に廃線となり、いまでは道北は車で旅するしかない。

今回、行きたかった鉄道の駅に宗谷本線の「音威子府」がある。「おといねっぷ」と読む。JRの難読駅名のひとつ。アイヌ語で「濁った川」「流木が堆積する川口」といった意味だという。

北海道を舞台にした映画、降旗康男監督の『駅 STATION』(一九八一年)に、この名前が出てくる。

刑事の高倉健が正月休みに札幌から実家のある日本海側の小さな漁師町、雄冬《おふゆ》に帰る。当時はまだ自動車道路がなく、増毛《ましけ》から船でゆくのだが、海が荒れて増毛で足どめを食う。みそかの夜、雪深い町の酒亭に入る。おかみ、倍賞千恵子がいる。飲みながらこんな会話が始まる。

「故郷《くに》はどこだい」

「歌登《うたのぼり》」

「知ってる。音威子府から入ったところだろ」

「どうして知ってるの？」

「妹が北見枝幸《きたみえさし》に嫁いだから」

北海道を旅するのが好きな人間には、何度聞いてもこの会話は心に残る。歌登も北見枝幸も音威子府から北に行ったところ。どちらも小さな町で、北海道の人でも知らないかもしれない。だから倍賞千恵子は、高倉健に「どうして知ってるの？」と聞く。

これまで音威子府は宗谷本線で稚内に行く時に通ったことはある。駅そばがうまいので知られる。しかし、残念ながら降りたことはない。

今回、名寄から天塩に車で行く途中、この駅に立寄ってもらった。宗谷本線の駅のなかでは名寄、美深《びふか》と並ぶ主要駅（開設は大正元年）。三角屋根の山小屋風の駅舎。木造なのは、音威子府村が林業の村だからだろう。

この駅からは以前、オホーツク海沿いに稚内に行く天北《てんぽく》線が出ていた。一九八九年に廃線になっている。『駅』の倍賞千恵子が生まれたという歌登は、この天北線の途中の小頓別《しょうとんべつ》から出ていた歌登線という町営の小さなローカル線の先にある。

高倉健が歌登と聞いて「音威子府から入ったところだ」というのは、このことを言っている。

「妹が嫁いだ」北見枝幸は、さらにその先のオホーツク海に面した小さな町。『駅』は、北海道の地理を教えてくれる。

音威子府まで来たのだから、おかみ、倍賞千恵子の故郷という歌登にも行ってみたい。しかし、この夜泊ることになっている日本海側の天塩とは反対方向になる。行く時間がない（北海道は広い！）。それでも途中の小頓別までなら行ける。鉄道の旅が好きな人間も、こういう時は車が有難いと思う。

廃線になった天北線に沿って国道を走ると、かつて小頓別の駅があったところに出る。人家は数えるほどしかない。人の姿も見えない。開拓時代の北海道はこんなだったかと思ってしまうほど寂しい。

駅舎があったところは現在バスの停留所になっていて、小さな建物のなかには「小頓別駅」というかつての駅の看板が架けられている。『駅』の倍賞千恵子は歌登からこの駅で天北線に乗り、音威子府から宗谷本線で都会へ出たのだろう。

バスの停留所の前に、思いがけず古い木造の建物があった。二階建ての日本家屋の横に、三階建ての洋館が付属している。北海道の牧場などでよく見るマンサード屋根。和洋折衷である。「丹波屋」と看板がある。

なんだろうと、不思議に思って眺めていると御主人が、なかを見せてくれると言う。有難い。古い旅館で、昔、小頓別の町が砂金や木材で栄えた時に、作られたという。モダンな洋館は宮様が泊る時に作られた。昔は、薬売りなどの行商人がよく泊ったそうだ。いまでも時折り、常連客

旧旅館「丹波屋」（絵・松本浦）

が来るという。

主人夫婦は八十歳に近いだろうか。このあたりは冬、雪が深い。近くに人家も少ない。「二人きりで寂しくないですか」と聞くと、そんなことはないと言う。都会暮しの人間の愚問だった。二人にとっては、ここでの暮しが当り前なのだ。

都会の人間が、田舎暮しに憧れるのとは違う。ここで暮していることが当り前のことであり、子供を育てあげ、二人きりでこの小さな町で静かに暮しているることが、ご夫婦にとっては幸せなのだ。

幸い、家の前が国道なので、雪の深い冬もよく除雪され、音威子府まで車で日用品などの買物に行くことができるという。

小さな町に、こういう暮し、静かな老いがあるのだと感じ入った。

このところ、宮地《みやち》嘉六《かろく》（一八八四―一九五八）という大正から昭和にかけて作品を発表した地味な作家を愛読している。

きっかけは、「芸術新潮」二〇一四年一月号のつげ義春特集で、この敬愛する漫画家が、好きな作家の一人として名前を挙げていたから。慶友社という小さな出版社から著作集（全六巻）が出ているが、今日、この作家を読む人は少ないだろう。

宮地嘉六の名を知ったのは、一九九〇年代のなかば頃。当時、いまのＪＴＢから出ていた雑誌「旅」の仕事で、松本清張原作、野村芳太郎監督（助監督は若き日の山田洋次）の『張込み』（一九五七年）の舞台となった佐賀市のロケ地を探ねる旅をした。

町を歩いていると、神野公園というところに、宮地嘉六の句碑があった。

「豆腐屋は近し手軽な自炊かな」

豆腐好きとしては思わず見入った。碑が豆腐の形をした石だったのが面白かった（もっとも碑の石というのは、たいてい豆腐の形をしているのだが）。

宮地嘉六は佐賀市の出身。実母は子供の頃に亡くなった。父親は再婚し、佐賀駅前に旅館を開いた。嘉六は義母とうまくゆかず、十代の頃、家出をし、佐世保に出て海軍の造船所で職工となった。

その少年時代を描いた『ある職工の手記』（大正十一年）は面白い。最近、新潮文庫で出版が開始された新潮文庫百年記念出版の「日本文学１００年の名作」の編集をおおせつかり、第一巻（一九一四〜二三）で、地味な小説だが、いまの若い人にぜひ読んでほしいと、これを選んだ。

宮地嘉六は文学史上、プロレタリア文学の作家と分類されるが、イデオロギー色は薄い。貧しい暮しを飄々と楽しむ余裕、ユーモアがある。世捨人志向の強いつげ義春さんが好きだと言うのもよく分かる。

大正時代、東京に出てさまざまな下積みの仕事をしながら小説を書いた。一度、結婚したが離婚。二度目の結婚で、子供が二人生まれたが、奥さんは子供を置いて家を出た。おそらく貧乏暮しが嫌になったのだろう。

そのあと、貧乏作家は男やもめとなって二人の子供を育てることになった。「夜半の歌」(昭和九年)、「子を育てる」(昭和十八年)など子育てものは、苦労話が愚痴にならない良さがある。朝、二人の子供のために食事を作り、学校に送り出す。時間の余裕が出たところで、学校に子供たちの様子を見に行く。

「運動場の大勢の生徒の中に自分の子の姿を見出すのが一つの楽しみなのだ」(「夜半の歌」)

男やもめで子供を育てた、つげ義春さんが、この作家を好きだというのも納得する。

戦後の混乱期の暮しぶりも面白い。

その頃は二人の子どもを人に預け、自分は一人暮しをしていた。どこに住んだか。首相官邸近く。当時、このあたりはまだ焼野原だった。嘉六は首相官邸の崖下の空地に掘立小屋を建ててそこに住んだ。いまでは考えられない。

嘉六には篆刻《てんこく》の趣味があった。判子を彫る。それが暮しに役立った。町に出て、街頭絵描きさながらに判子を彫った。客は引揚げ者やアメリカ兵（GIは判子を珍しがった）。それで、原稿がなかなか売れなかった戦後の混乱期、なんとか食いつないだ。

「中央公論」（昭和二十七年三月号）に発表された「老残」は、判子屋時代を描いた逸品。この小説を読むと、宮地嘉六は、深刻なプロレタリア作家というより、尾崎一雄や木山捷平、小山清と同じように、現代ではほとんど見られなくなった、穏やかな清貧の作家であることが分かる。

慶友社から出されている宮地嘉六の著作集の表紙には、嘉六が彫った「宮地」の印があしらわれている。

嘉六は東京に出てから、駒込、落合など転々としたが、とくに愛したのが王子界隈。男やもめとなって二人の子供を育てていたころは、王子駅に近い滝野川に住んだし、戦後は、掘立小屋暮しのあと、幸いなことに抽選に当って、滝野川に作られた都営住宅に住んだ。といっても、のちの団地ではなく二階建ての棟割長屋だったが。

昭和三十二年（一九五七）に発表した「王子権現抄」は、戦前、戦後の王子での暮しを描いている。

戦前は小さな子供を連れてよく音無川のあたりを歩いた。戦後は、子供も手を離れ、一人で都営の長屋で暮した。

そのころはもう七十歳を越えてのやもめ暮し。あるとき、嘉六の一人暮しを心配した友人の画家が、いい茶飲み友だちを紹介してくれるという。それが七十歳過ぎの大酒飲みの踊りの師匠と知ってがっかりするのが笑わせる。

王子権現は、王子駅の西口近くにある王子神社のこと（横に権現坂がある）。秋のはじめの一日、ここを歩いたが、残念ながら豆腐の形の碑はなかった。地味な作家だからそれでいい。

（「東京人」二〇一四年十一月号）

郊外の産業発展と農村風景。

今年は東京の郊外を走る鉄道が三つ、記念すべき年となっている。

まず青梅線（立川―奥多摩）が開業百二十年（すごい！）。次いで東武東上線が百年（開業時は池袋―川越）。そして八高線（八王子―倉賀野）が八十年。

車社会のなかでこれだけ長い間、鉄道が廃線になることなく走り続けているのは、首都圏という場所の良さのためだろう。

秋の一日、八高線と東武東上線に乗りに出かける。

八王子から八高線で、高麗川《こまがわ》経由で東武東上線と接続している小川町《おがわまち》に行き、町を歩いてから今度は、東武東上線に乗り、東京（池袋）に帰ってくる。

八高線は、八王子から高崎までの電車がなく、途中の高麗川でいったん降りて、高崎行きに乗り継がなければならない。高麗川から先が非電化のためだろう。

面倒ではあるが、高麗川から風景がローカル色を増すのが楽しい。それまでは住宅地を走っていた電車が、気動車に変わり、山里のなかを走る。沼や溜池が農村の名残りを感じさせる。

八高線の列車がカーヴしながら小川町に近づく。それまでの山里から一気に町になる。少し高

瓦屋根の小川町立図書館（提供 小川町教育委員会）

台を走るから町がパノラマになって広がる。右手には東武東上線が見えてくる。やがて並走する。
いつ乗ってもこの鉄道風景は素晴しい。

小川町の駅はJR八高線と東武東上線が接続しているが、開業は東武のほうが大正十二年（一九二三）と早い。八高線は昭和九年（一九三四）。大正三年に川越まで敷設された鉄道が延長されて大正十二年、関東大震災の直後に小川町まで通じた。小川町は盆地にあるため、川越からの建設は山越えの難工事となった。現在でも、ひとつ手前の武蔵嵐山―小川町間は東武線のなかでも一番距離が長い。山を抜けると盆地になり、やがて町が見えてくる。

小川町は和紙づくりの町として知られているし、町なかに造り酒屋が二軒ある。赤いレンガの煙突が残っている。歴史がある町。駅から歩いて十分ほど、晴雲酒造という造り酒屋の近くに町立の図書館があるが、この建物がユニーク。古い町並みに合わせて、鉄筋の建物の上に瓦屋根がのっている。遠くから見ると蔵のよう。

蔵書もよく揃っていて、小さな町の図書館なのに、なんと拙著が五五冊あったのには驚いた。有難い。『荷風と東京』もあった。

この図書館の一画に、面白い展示があった。かつて小川町を走っていた根古屋《ねごや》線という東武の鉄道を紹介している。

小川町の南西にある根古屋というところに、浅野セメントの創始者である浅野総一郎によって、セメントを作る石灰石の採掘所が作られ、その石灰石を根古屋から小川町まで運ぶ鉄道だった。全長わずか四キロほど。大正十五年（一九二六）に開業している。展示されている写真を見ると、蒸気機関車が石灰石を運んでいる。貨物線だから一般には知られていないが、東京オリンピックのあと、一九六七年まで走っていたという。

青梅線も奥多摩の石灰石を運ぶための鉄道だったし、秩父鉄道もそう。東武東上線もその役割を果たしていたか。知らなかった。

東京の西、秩父や奥多摩は石灰石（セメント）の産地として、関東大震災後の東京復興、モダン都市東京の成立を支えていたことになる。

秩父鉄道といえば、秋に公開される加納朋子原作、新垣結衣主演、深川栄洋監督の『トワイライト　ささらさや』に出てきた。

試写状やチラシを見ると、新垣結衣のうしろを二両の電車が草土手の上を走っている。気にな

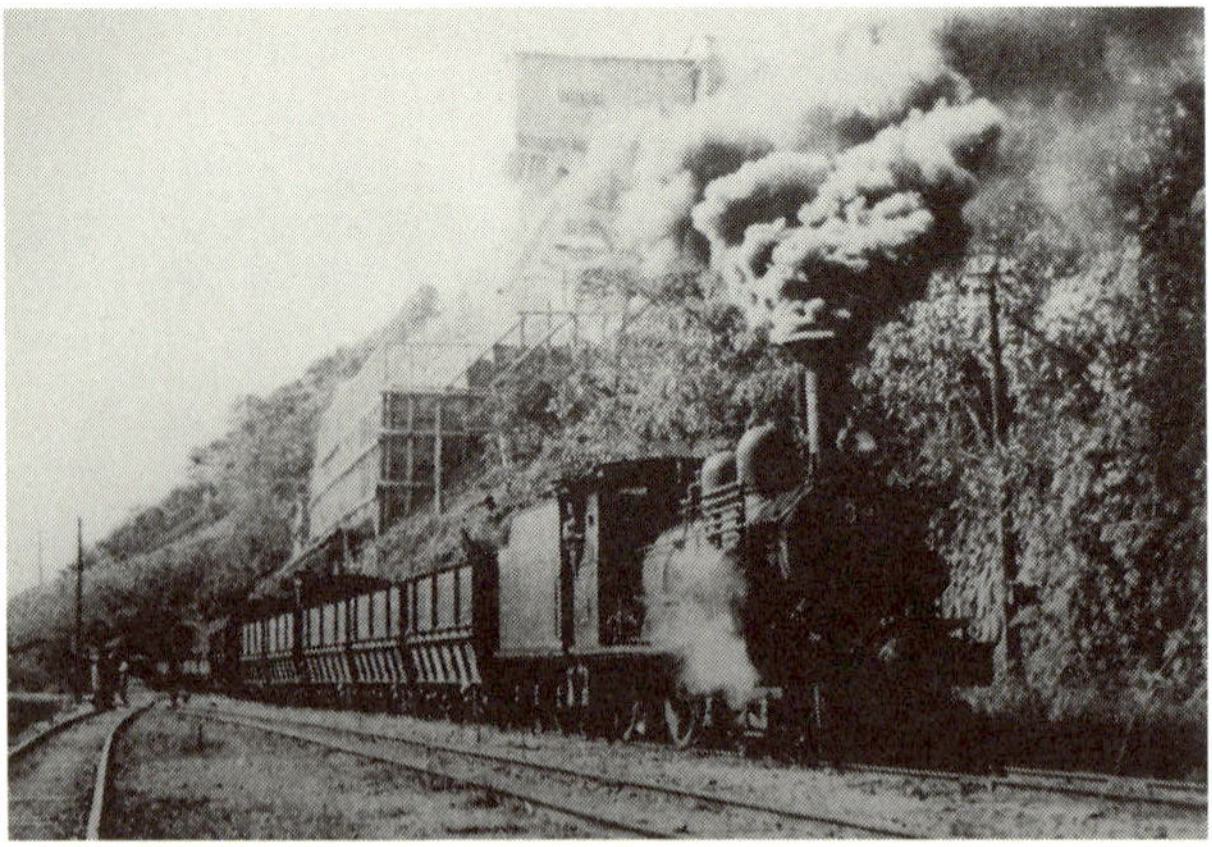

かつて蒸気機関車が石灰石を運んでいた根古屋線（提供 小川町教育委員会）

日向和田の石灰採掘場を走る青梅鉄道の無蓋貨車（提供 たましん地域文化財団）

る。どこの鉄道だろう。鉄道を確かめたくて試写に出かけた。映画そのものはアイドル映画で、シニア世代には正直なところいまひとつだったが、試写状の写真にあった鉄道が秩父鉄道とわかったのは収穫だった。

新垣結衣が若くして落語家（大泉洋）と結婚して赤ん坊を産むのだが、夫は突然、事故死してしまう。東京を離れて子供を育てようと、新垣結衣は電車に乗って小さな田舎町に移り住む。

映画のなかでは明示されていないが、よく見れば新垣結衣が赤ん坊を連れて降り立つ駅は、秩父鉄道の終点、三峰口《みつみねぐち》駅ではないか。昔ながらの木造の駅舎と、残されている転車台でそれと分かる。

小川町に出かけた日、改めて確認したくなり、東武東上線で小川町から寄居に出て、そこで三峰口駅まで行ってみた。間違いではなかった。映画のなかに、知っている駅が出てくるとうれしいものだ。

十月のはじめ、神奈川県、茅ヶ崎市美術館で講演をする。「近代文学作品に見る風景の発見」と題し、国木田独歩『武蔵野』や、永井荷風と荒川放水路についてなど話す。

茅ヶ崎は、独歩ゆかりの地。肺を病んだ独歩は海岸の結核療養所、南湖院に入院し、そこで没している（明治四十一年）。

『武蔵野』は現在の渋谷のＮＨＫあたり（当時は郊外）に住んだ独歩が、武蔵野特有の雑木林の美しさを発見してゆく物語だが、海に面した茅ヶ崎には武蔵野のような雑木林はなく、かわりに目立つのは松林。茅ヶ崎市美術館も松林に囲まれている。

ここは明治三十五年(一九〇二)に、近代演劇の発展に力があった川上音二郎と、妻で女優の貞奴が暮した家、萬松園があったところだという。

美術館は小さいが、松林に囲まれた小高い丘の上にある。いい美術館だった。ちょうど「明治を歩く——湘南と武蔵野」展が開かれている。近代絵画の誕生期、明治のなかば頃に描かれた湘南と武蔵野の絵が展示されている。

明治二十年に不同舎という画塾が開かれた。そこに集う若い画家たちは、それまでの名所図会にあるお定まりの風景とは違い、身近かな生活風景のなかに美しさを見つけていった。

農家のわらぶき屋根、けやきの大木、雑木林、清流、田舎道、桑畑……そういう風景を画家たちは「道路山水」と呼んだ。現代の風景画のはじまりと言っていいだろう。

なかで印象に残るのは、鹿子木孟郎《かのこぎたけしろう》のスケッチ。以前(平成十三年)、府中市美術館で開かれた「百年前の武蔵野・東京 不同舎画家たちのスケッチを中心に」という展覧会ではじめて見た。今回、再び見ることができたが、鉛筆で丹念に田園風景が描かれている。細密な銅版画のよう。

描かれた場所を見ると、鹿子木孟郎が当時の東京近郊を実によく歩いているのがわかる。根津、田端、三河島、浅草田圃、小石川、日暮里、尾久、早稲田、赤羽、千住、王子、舎人、亀戸、十条、板橋……。画家は郊外の散策者だったことになる。荷風が『日和下駄』を刊行するのは大正のはじめだから、それよりもずっと早い。

しかも、荷風が主に市中や東京の東を歩いたのに対し、鹿子木孟郎は、郊外、東京の周縁をよく歩いている。絵そのものもさることながら、その散策の事実に少しく感動する。田無や吉祥寺、小金井にも足を延ばしている。無論、明治二十年代、どこもまだ村で、わらぶき屋根の農家が点在している。

独歩が雑木林の美を発見したのに対し、鹿子木孟郎は、東京近郊農村の美を発見したと言える。もっとも雑木林というのは、当時、燃料となった薪をとるためにクヌギやナラを植えた人工林だから、これもまた農村風景の一部だったことになる。

鹿子木孟郎の絵は鉛筆画。

いまでは珍しくはないが、鉛筆で西洋紙にスケッチしてゆくのは新しい画法だった。新しい絵を描くことの面白さ。その勢いで、鹿子木孟郎は、風景を求めて東京近郊を歩き続けたのではないだろうか。

鉛筆がまだ珍しかった時代である。

このIT時代に、いまだに鉛筆で原稿を書いている人間としては、鹿子木孟郎の鉛筆によるスケッチ画に親しみを覚える。

鉛筆といえば、二〇〇九年に高見浩の新訳が出たヘミングウェイの『移動祝祭日』（新潮文庫）を読んでいたら鉛筆が出てきた。

若き日のヘミングウェイが、一九二〇年代のパリで文学修業した時代の回想記。

まだ無名の作家の卵は、安アパートで暮らし、近くのカフェに行ってはノートに小説を書く。万年筆かと思ったら違った。鉛筆だった！

行きつけのサン・ミシェル広場のカフェに入る。「そこは暖かくて、清潔で、心なごむ快適なカフェだった」。席に着き、ボーイにカフェ・オレを頼む。「ウェイターがそれを運んでくると、上着のポケットからノートをとりだし、鉛筆も用意して、書きはじめた」。

ノートに鉛筆で書く。下書きだろうが、鉛筆が大事にされている。きちんと鉛筆削り器も用意している。削り屑がくるくると輪になってグラスの下の皿に落ちる。ヘミングウェイのパリの思い出は鉛筆と共にある。『日はまた昇る』は鉛筆から生まれた。

雨が降っていたが、美術館を出て、茅ヶ崎の町を少し歩く。人口は二十三万人ほどで、少しずつだが増えているという。なるほど建設中のマンションをいくつか見かける。

商店街のなかに珍しくジンギスカンの店がある。茅ヶ崎に長く住んだ開高健が愛した店だという。なかに入ると、確かに開高健好みの気取りのない店。テーブルには八十歳になった祖父を祝って家族がビールを飲んでいる。

それに倣い、まずはビールを頼んだ。

（「東京人」二〇一四年十二月号）

昔と変わらぬ三太の村の水辺風景。

テレビがまだなかった子供の頃、ラジオで好きだった番組のひとつにＮＨＫの「三太物語」がある。昭和二十年代の人気番組だった。

「おらあ、三太だ」という元気な男の子の声で始まる。川のある田舎の子供たちが、夏になると川で泳ぎ、アユやウナギを捕まえる。秋にはカキやクリを取る。いまはもう見られなくなった自然児の山里での暮しが都会の子供には無性に羨しかった。

原作は児童文学者の青木茂。ラジオの好評を受け、映画にもなった。『三太物語』（丸山誠治監督、一九五一年）をはじめ四本作られている。

十月に神保町シアターで二作目の『花荻先生と三太』（鈴木英夫監督、一九五二年）を見た。三太の小学校に赴任してくる花荻先生は津村悠子が演じている。脚本が映画評論家の大黒東洋士《とよし》なのは意外。

三太少年（大橋弘）は小学生で、私とほぼ同年代になる。村には川が流れていて三太はそこで泳ぐ。川っ子である。

この映画は劇団民藝で製作されている。私の義兄、俳優の富田浩太郎は当時、民藝の若手劇団員だった。三太の小学校の朝礼の場面で、亡き兄が先生の一人として登場したのはうれしく見た。新人だからセリフはないし、顔がアップになることもないが。

この映画、田舎の暮し、風景が丁寧にとらえられている。三太の家には水車小屋がある。村の娘たちは桑の実を取る。村人は乳牛を飼っている。村をボンネット・バスが走る。川には渡し船もある。子供たちはふんどし姿で泳ぐ。

舞台になっているのは、神奈川県の相模湖に近い道志川周辺。映画を見たあと、急に三太の村に行きたくなった。

京王相模原線の終点、橋本まで行き、そこから津久井湖方面に行くバスに乗る。津久井町は近年、相模原市になった。バスは、はじめ町なかを走るが、津久井湖が見えるあたりから次第に田舎の風景に変ってゆく。

それでも小さな商店街があり、そこに造り酒屋があったりする。終点の三ヶ木《みかげ》というところで降り、西に三十分ほど道を下ると道志川に出る。山中湖から流れ出て、ちょうどこのあたりで相模川に合流する。

柿がなっている。農家の軒には大根が干してある。川原で子供が遊んでいる。釣人がいる。『三太物語』と同じ、懐かしい里の風景がまだ残っている。

川べりに三太旅館という二階建ての小さな旅館がある。原作者の青木茂は釣り好きで、よくこの旅館に泊まっては道志川で釣りをした。

旅館の庭には、青木茂自筆の「三太の碑」が建てられている。「おら　三太だ　ここが道志川

「三太の村」のある道志川の風景

三太旅館（以上２点、提供 相模原市）

209　昔と変わらぬ三太の村の水辺風景。

の主　仙爺さまの家だ　人玉になる術まで使い　川の見廻りに出たんだ」。

「仙爺《せんじい》」というのは「三太旅館」の主人だった人で、青木茂の釣りの案内をした。青木は「仙爺」から村の暮しの話を聞き、『三太物語』を書いた。

実は、ここには二十年ほど前、JTB時代の「旅」の仕事で来たことがある。旅館のたたずまいも、付近の風景と同じように、二十年前とほとんど変わっていない。二十年前と同じように急坂のある道を二時間近く歩けたのもうれしいことだった。

釣り好きの青木茂は後年、房総半島の海辺に暮し、手作りの船で釣りを楽しんだ。船の名前はもちろん、三太丸。

九月に出版された八木幹夫さんの『渡し場にしゃがむ女――詩人西脇順三郎の魅力』（ミッドナイト・プレス）を開いたら、冒頭、ちょうど歩いてきた相模川と道志川のことが書かれていた。大正時代にオックスフォード大学で学んだ西洋的知性を持つ西脇順三郎と、三太の川が結びつかなかったので少し驚いた。

八木幹夫さんによれば、西脇順三郎は昭和十一年夏に、この土地を歩いたという。「ゴーガンの村」という随筆に「この八月の末頃、ムシャクシャしたので、東京を去って、ヨセから相模川に大体沿って走っている旧甲州街道を東京の方へとブラブラ下って歩いた」。

「ヨセ」とあるのは中央本線の与瀬駅、現在の相模湖駅のこと。西脇順三郎は中央本線を与瀬駅で降り、相模川に沿って歩き、相模川と道志川が合流するあたりの水の風景を楽しんだ。『三太物語』の舞台をそれより早い時期に歩いていたことになる。

八木幹夫さんの『渡し場にしゃがむ女』を読んで、もうひとつ驚いたことがある。映画『花荻先生と三太』には相模川に架かる大きな鉄の吊り橋が出てくる。隅田川の清洲橋に少し似ている。橋を子供たちが歩く。ボンネットのバスが走る。

映画を見たあと、三太の村に行きたくなったのは、この橋を確認したかったから。しかし、六十年も前のこと、橋はなかった。津久井湖は、道志川が流れ込んだ相模川をせきとめる形で作られたダム湖で、東京オリンピックのあと、昭和四十年に完成している。

おそらく橋はダムの底に沈んでしまったのだろう。

その橋の写真が八木幹夫さんの本に入っている！　昭和九年に町の書店が絵葉書写真集を出版した。そのなかの写真。『花荻先生と三太』に出てきた吊り橋はまさにこの写真に写っているものだった。映画の撮影時にはまだ健在だったのだろう。相模川には何艘も川下りの船が浮かんでいる。西脇順三郎はこの船に乗って川を下り、一〇キロほど下流の荒川（城山下）まで行った。そこからバスで八王子に出て東京に帰った。

八木幹夫さんの両親は津久井の人という。八木さんは『渡し場にしゃがむ女』のなかで書いている。「幼い頃、夏休みになると兄たちと一緒に橋本からこの荒川まで自転車で川遊びに行ったものだ」。一九四七年生まれの八木さんは、子供時代、三太と同じように川で遊んだ川っ子だったことになる。
八木といえば、好きな詩人に八木重吉（一八九八—一九二七）がいる。平明な詩を書いた。敬虔なキリスト教徒だった。
「わたしのまちがいだった
わたしの　まちがいだった
こうして　草にすわれば　それがわかる
そう八木重吉は書いた（その息遣いが聞こえる）
そんなにも深く自分の間違いが
腑に落ちたことが私にあったか」
谷川俊太郎の「間違い」という詩。現代でも八木重吉が読まれているのが分かる。
相模原市内の川尻小学校に八木重吉の詩碑がある。道志川から橋本駅に戻る途中に、ここに立寄った。「飯」という詩が自筆で刻まれている。
「この飯が無ければ
この飯を欲しいとだけ思ひつめるだらう」
箸を立てたご飯の絵も添えられていてどこかユーモラス。八木重吉はこの小学校で教えていたことがあるのだろうか。八木幹夫さんは、八木重吉の詩の朗読会を開いているという。
神宮前のＨＢギャラリーで開かれたイラストレーター、赤池佳江子さんの個展に行く。赤池さんには「キネマ旬報」の連載コラムで毎回、可愛いイラストを添えてもらっている。

前回の個展は『フィールド・オブ・ドリームス』など映画をモチーフにした作品だったが、今回は、二十世紀初頭、ベルエポックのパリを撮り続けた写真家、ウジェーヌ・アジェの生涯を二十枚ほどで描いている（シルクスクリーン）。

赤池さんはあるとき、アジェの写真を見て魅了され、今回の個展を思い立ったという。

アジェの子供時代から、成長してパリに出て、写真を撮ってゆくまでが辿られている。いつもながら、赤池さんの、ビスケットやクッキーを思わせる、柔らかく、温かい絵に心なごむ。

アジェの生涯の後半のところではっとなった。アジェは奥さんを亡くしていた。赤池さんは嘆き悲しむアジェの姿をとらえている。泣き伏している。その向うには、背中を見せて去ってゆく奥さんの姿が見える。なんだか急にアジェが身近な存在に思えてくる。

今回の赤池さんの個展には興味深い点があった。展示方法。普通、絵画は額に入れられて展示されるが、今回、赤池さんは、それを掛け軸にした。アイデア。

赤池さんは金沢在住。日常生活で和の文化に親しく接しているから思いついたのだろう。作品も和紙を使っている。

額に入った絵は、きれいだが、どうしても重く、大きくなる。狭いマンションでは持てあましてしまうことがある。ガラスなので、地震のときに落ちてこないかと心配もする。その点、掛け軸は場所をとらないし、掛けたりはずしたり容易にできる。マンション暮しの人間には有難い。

文京区のトッパンホールでティル・フェルナーのピアノ演奏を聴きにゆく。この一九七二年生まれのウィーンの貴公子は、何度も来日しているが、日本ではトッパンホールをホームグラウンドのようにしている。以前、お茶の水にあったカザルス・ホールを思わせる室内楽向きのこの小ホールは、都内でも好きなところで、機会を見つけては出かけている。

この夜の演目は、モーツァルト「ロンド　イ短調」、バッハ「平均律クラヴィーア曲集第2巻より」、ハイドン「ソナタ　ニ長調」といい曲が続く。とくにハイドンは明るい。以前、カザルス・ホールで開かれた新日本フィルによるハイドンの交響曲の全曲演奏会に通ったことを懐かしく思い出す。

この日、最後の曲は、シューマンの「ダヴィッド同盟舞曲集作品6」。名のみ知っていたが、演奏を聴くのは初めて。「舞曲」といいながら渋くて静か。秋の夜にふさわしい曲だった。

実は六月に、渋谷のオーチャードホールで小山実稚恵さんが、この曲を弾くことを知って楽しみにしていたのだが、どうしても避けられない用事ができてしまい聴けなかった。こんなにいい曲だったとは。

トッパンホールは永井荷風の生家（小石川金富町、現在の文京区春日二丁目）に近い。コンサートが終わった後、金剛寺坂を上り、地下鉄丸ノ内線を越え、小石川丘陵にある生家跡の前を歩き、帰った。

（「東京人」二〇一五年一月号）

高倉健を悼んで寒川から北海道へ。

ＪＲ相模線は、東海道本線の茅ヶ崎駅から横浜線の橋本駅（京王相模原線と接続している）までを結ぶ。約三〇キロを一時間ほどで走る。

大正十年（一九二一）に私鉄の相模鉄道として開通した。当初は茅ヶ崎—寒川《さむかわ》間。相模川の砂利を運ぶのが目的だったという。現在は、沿線が住宅地として開発されているからローカル線という感じはしない。

十二月のはじめ、昼前に橋本駅から相模線に乗った。行き先は、沿線にある寒川神社。初詣でにぎわう神社だが、ここは、高倉健が新作の撮影前に必ず、参拝したところとして知られる。十一月に死去したこの大スターを偲ぶために出かけた。

平日なので車内は空いている。ドアが半自動式で、乗り降りにはドアの横の開閉ボタンを押さなければならない。この点はローカル線の雰囲気。

橋本から五つ目の下溝《しもみぞ》駅あたりから相模川が見えてくる。電車は川に沿って走る。

相模線が出てくる映画がある。森田芳光監督の若き日の作品『ライブイン茅ヶ崎』（一九七八年）。茅ヶ崎に住んでいる男の子（青木真己）のところへ、東京から恋人（三沢信子）が通う。いつも

社家駅（提供 JR東日本横浜支社）

は東海道本線を利用するが、あるとき、少し遠回りだが相模線に乗れば、東京に戻れると気がつく。夜、東京に帰るときに、彼女は思い切って相模線に乗る。

森田監督は遺作が『僕達急行――A列車で行こう』（二〇一二年）だったことで分かるように鉄道好き。それで、この女の子を相模線に乗せたのだろう。電車が夜の寒川駅のところを走る場面もあった。

途中、社家《しゃけ》駅で降りる。駅舎を見たかったから。杉崎行恭『日本の駅舎――残しておきたい駅舎建築１００選』（ＪＴＢキャンブックス、一九九四年）に紹介されている。相模線といえば社家駅。

コンクリートの箱を置いたような駅舎。あっさりしている。出入り口がアーチ形になっているのがモダン。

開設は関東大震災のあとの大正十五年（一九二六）。震災後の復興期、コンクリート用の砂利の需要が増え、採掘現場が相模川の上流へと移った。それにつれて相模線も寒川からさらに北上してゆき、社家駅が開設された。橋本まで延びたのは昭和六年（一九三一）。この鉄道も青梅線や秩父鉄道同様、モダン都市東京の発展を底辺で支えたことになる。

社家駅から再び茅ヶ崎行きの相模線に乗る。寒川神社の最寄り駅、宮山駅で降りる。ホームがひとつの小さな駅。駅舎は瓦屋根の普通の家のよう。

駅から十分ほど歩くと、うっそうとした林のなかに寒川神社がある。相模一之宮。平安時代にはすでにあったという。源頼朝が妻政子の安産祈願をしている。

初詣のときは大変なにぎわいだろうが、平日の昼下がり、境内は森閑としている。社殿は大きい。人の姿がほとんどないので、いっそう大きく、神さびて見える。

神社が発行している新聞には、高倉健の死が報じられている。それによれば、「氏は、五十年来の永い崇敬者」だったという。新作の撮影前には必ず参拝。撮影後にはお礼参りもした。いつも一人だったというのが、孤高のスターらしい。

参拝を終え、参道を歩く。しばらくゆくと相模線にぶつかる。踏切を越えると遊歩道になっている。そこを歩いていたら、鉄道のレールが現われたので驚いた。

二〇〇メートルほど線路が続いている。それればかりか、本物の車輪もモニュメントとして置かれている。鉄道が廃線になったあと、跡地を遊歩道にすることが多いが、ここもそうなのか。

散歩している地元の人に聞くと「つい最近まで電車が走っていた」という。相模線の支線だったらしい。

家に帰って、宮脇俊三編著の『鉄道廃線跡を歩くV』（JTBキャンブックス、一九九八年）を

廃線となった相模線西寒川支線の地に作られた一之宮公園（提供　寒川町）

見たら、ちゃんと出ていた（この本は、本当に素晴しい！）。

相模線西寒川支線という。寒川駅から相模川に向かって西寒川までの一駅間だけ。わずか一キロだけのミニ鉄道。こんな鉄道があったか。

遊歩道のところを走っていた。廃線になったのは昭和五十九年（一九八四）。地元の人が「ついこないだ最近まで電車が走っていた」と言うのもわかる。

遊歩道には「相模海軍工廠跡」の碑が建てられていたから、戦前は海軍の工場のための鉄道だったのだろう。

高倉健が行った神社に参拝した帰り、思いがけずこんな忘れられた鉄道廃線に出会えるとは。

高倉健は降旗康男監督の『鉄道員《ぽっぽや》』（一九九九年）で、北海道を走るローカル線の終着駅の駅長を演じた。高倉健の映画を見ていると、北海道の鉄道の駅がよく出てくる。福岡県の炭鉱町（中《なか》間《ま》）の出身だが北海道と縁が深い。

石井輝男監督の『網走番外地』（一九六五年）では、高倉健演じる新宿のやくざの下っ端が敵の親分を殺して、網走刑務所に送られる。

小さな駅で降りる。網走駅という設定だが、映画のなかの駅は、掘立小屋のような駅舎。網走駅は大きすぎるので、釧網《せんもう》本線の網走駅の四つ先、北浜駅で撮影されている。駅の目の前に広大なオホーツク海が広がるので、鉄道ファンのあいだに人気が高い。高倉健が歌う主題歌、〽はるか彼方にゃオホーツク……のイメージに合うので、撮影にはこの小さな駅舎が選ばれたのだろう。

『網走番外地』の最後は、刑務所を脱獄した高倉健が、同じ囚人（南原宏治）と手錠でつながれたまま大雪原を逃げる。雪のなかを走る鉄道が出てくる。根室本線の別寒辺牛《べつかんべうし》湿原あたりで撮影されている。

山田洋次監督の『幸福の黄色いハンカチ』（一九七七年）で、高倉健と若い二人、武田鉄矢と桃井かおりがカニを食べる小駅は池北《ちほく》線（のち第三セクターになってふるさと銀河線に名前が変わる）の陸別《りくべつ》駅。この映画では高倉健が「汽車」という昔の言葉を使っている。律儀な高倉健らしい。

山田洋次監督の『遥かなる山の呼び声』（一九八〇年）で、逃亡中の高倉健が、兄の鈴木瑞穂とひそかに会う小駅は、標津《しべつ》線の上武佐《かみむさ》駅。標津線もふるさと銀河線もその後、廃線になってしまったので、陸別駅も上武佐駅もいまはない。幸い、以前、映画のロケ地を訪ねる旅をした時に、行っている。

廃線と言えば、『鉄道員』の廃線となる幌舞《ほろまい》線の幌舞駅は架空の駅で、撮影は富良野の先、根室本線の幾寅駅《いくとら》で行われている。この駅にはいまも、映画で使われた「幌舞」の表示板が残されている。

実際の幾寅駅が健在なのはうれしい。降旗康男監督の『駅 STATION』（一九八一年）の舞台となった留萌《るもい》本線の増毛《ましけ》駅も健在。ただ、本線の始終駅なのに無人駅になっているのは寂しい。いずれ日本海側を走る留萌—増毛間は廃線になるのではないかとおそれている。

高倉健をはじめて見たのは、記憶では、昭和三十三年（一九五八）に公開された武田泰淳原作、内田吐夢監督の『森と湖のまつり』で。高倉健演じる誇り高いアイヌ民族の青年の孤独な戦いを描いている。

この映画にも北海道の鉄道の小駅が出てくる。釧路湿原のなかにある釧網本線の塘路《とうろ》駅。美しい画家の香川京子が列車に乗ってこの駅に降り立つ。『森と湖のまつり』は、アイヌの青年と画家との恋物語でもある。

私の義兄は冨田浩太郎という地味な俳優。『森と湖のまつり』には医師の役で一場面だけ出演している。それで見に行ったのだが、開巻、大草原を馬に乗ってやってくる高倉健の格好良さに魅了された。

砂澤ビッキ（一九三一—八九）というアイヌ民族の木彫作家がいる。二〇一四年の夏、札幌の友人たちと道北を旅した時に、音威子府《おといねっぷ》村にある「エコミュージアムおさしまセンター」ではじめて、その力あふれる作品を見て圧倒された。このエコミュージアムは、廃校になった小学校をビッキがアトリエにしていたもの。それを改修し、美術館にした。ビッキの木彫は素朴で美しく、原生林のなかの大木に触れた思いがした。

私がビッキの作品に感動したためだろう、旅から帰って、一緒に旅をした札幌の出版社、亜璃《あり》西《す》社を主宰する和田由美さんが、皆藤健著『「森と湖のまつり」をめぐって——武田泰淳とビッキらアイヌの人たち』(五月書房、二〇〇四年)という本を送ってくれた。

それを読んで驚いた。

武田泰淳の『森と湖のまつり』のアイヌ青年、映画では高倉健が演じた風森一太郎のモデルのひとりは、砂澤ビッキだという。

映画『森と湖のまつり』で高倉健は演技開眼したという。砂澤ビッキの渾身の木彫を当然、高倉健は見ていただろう。

十一月末、渋谷オーチャードホールでの小山実稚恵さんのコンサートに行く。小山さんは二〇〇六年から、春と秋の二回、二〇一七年まで「十二年間、二十四回のリサイタル」という壮大なプロジェクトを行っている。今回はその十八回目にあたる。

スカルラッティのソナタからドビュッシーの「喜びの島」まで、好きな曲が続く。今回、面白かったのは、曲ごとに区切らず、アルベニス、リスト、ドビュッシーと連続して弾いたこと。私の体験では、こういう異なる作曲家の曲を区切らずに、連続して弾くのを聴いたのは、はじめて。

個々の作曲家の音楽という断片が、大きな水の流れとなった。
こういう音楽体験ははじめてで、音楽の良さを改めて知った思いがする。

（「東京人」二〇一五年二月号）

正月の左富士と沼津。

静岡県に岳南《がくなん》鉄道という小さな、小さな私鉄がある（富士急行の系列、現在の呼称は岳南電車）。

東海道本線の吉原駅から出ていて、岳南の名のとおり富士山の南を走り、岳南江尾《えのお》駅までゆく。わずか九・二キロ。路線を地図で見ると、吉原駅を出てすぐ大きくヘアピンカーヴをして、東に戻る感じで岳南江尾に向かっている。全体として馬蹄形をしている。

静岡県内はローカル鉄道が七本も走る。

下田に向かう伊豆急行、三島から修善寺に向かう伊豆箱根鉄道、静岡市内を走る静岡鉄道、SLが走る大井川鉄道、掛川と新所原《しんじょはら》間を走る天竜浜名湖線（天浜線）、同線の西鹿島《にしかじま》と浜松を結ぶ遠州鉄道、そして岳南電車。

このなかで岳南電車がいちばん小さい。大井川鉄道に比べると、一般にはあまり知られていない。観光の要素の少ない生活のための鉄道だからだろう。

正月、暖かいところがいいと初詣に三島大社に出かけた。そのあと岳南電車に乗りに行った。静岡県内でこの鉄道だけ乗ったことがなかった。

吉原駅で降りるとJRの駅に接するように岳南電車の小さな駅舎、ホームがある。とまってい

富士山をバックに走る岳南電車（提供　岳南電車）

た電車に乗る。一両だけ。ミニ私鉄である。開業は戦後の昭和二十四年。団塊の世代になる。

車内に小学生の絵が飾ってあるのがいかにも地元の人に親しまれている鉄道らしい。千葉県の銚子電鉄の手描きの広告ポスターを思い出す。

沿線は製紙工場や自動車工場が並ぶ。工場のなかを走っている気分。貨物線としても使用されているのだろう。工場への引込線もある。

岳南鉄道が登場するミステリがある。

西村京太郎の『十津川警部――あの日、東海道で』（実業之日本社、二〇一〇年）。鉄道好きの若い刑事が、学生時代の最後の夏休み、「青春18きっぷ」を使って東海道を旅し、吉原駅から岳南鉄道に乗ったことを回想する。鉄道好きのこの刑事も、吉原駅で下車してみて、はじめて岳南鉄道の存在を知る。地元の人以外にはあまり知られていないローカルな鉄道であることが分かる。

私は鉄道の旅は好きだが、車輛にはくわしくない。

この小説には、車輛好きの鉄道ファンが岳南鉄道の写真を撮りに来て、こんなことを言っている。「この岳南鉄道では、東京の京王線で使われていた三〇〇〇系とか、五〇〇〇系の車輛を購入して、改造して使っているんですよ」

この改造車は「赤がえる」とか「新赤がえる」と呼ばれ、利用者に親しまれているという。工場のなかを走る電車だが、岳南の名のとおり、車輛からつねに富士山が目の前に大きく見えるのが素晴らしい。この日は好天だったので富士山を一人占めしている気分になる。

電車は新幹線の高架をくぐると終点の岳南江尾駅に着く。駅員のいない無人駅なのに驚く。駅周辺は住宅地で商店はない。食事をしようと思っていたがあてがはずれた。

岳南江尾駅から折り返しの吉原行きの電車にまた乗る。結構、混んでいる。途中、吉原本町駅で降り、吉原駅まで歩くことにする。旧東海道が通っている。駅の近くには、鯛屋旅館という古い和風旅館があるのが旧街道らしい。天和二年（一六八二）創業というから古い。清水次郎長が常宿にしていたそうだ。

旧東海道が新幹線をくぐる手前に、左富士神社がある。「左富士」とは何か。

旧東海道を江戸から京へ歩くとき、駿河国では富士山が右手に見えるのが普通。ところがこのあたりだけ、道が大きく曲がっていて富士山が左に見える。珍しい風景なので「左富士」と言われるようになった。歌川広重の「東海道五十三次」の吉原宿の絵は、松並木の左手に見える左富士を描いている。

左富士は現在の東海道本線でも見られる。東京から静岡に向かう下り列車に乗ると、たいていのところは富士山が右手に大きく見える。ところが富士川—新浦原間のあるところだけはS字形にカーヴしているので、それまで右に見えていた富士山が少しのあいだ左に見える。現代の左富士である。

吉原駅から東海道本線で沼津駅に戻る。

御殿場線との分岐点。開設は明治二十二年と古い。ホームの柱は昔ながらの木の柱。駅舎も近年は駅ビルになるところが多いが、沼津駅は二階建てで小さい。昭和二十八年改築当時のままではないか。

駅前広場には、高校時代を沼津で過ごした井上靖の文学碑がある。井上靖の『河口』は、昭和三十六年に中村登監督で映画化された。銀座で画廊を営む主人公、岡田茉莉子は、冒頭、恩人の葬儀に出るため、沼津にやってきて、駅に降り立ち、駿河湾を望む名所、千本松原を歩いた。

沼津駅の駅弁と言えば桃中軒の「港あじ鮨」が知られる。駅でこの弁当を買い、千本浜公園で海を見ながら昼食。ただ思ったより風が強い。あとで知ったことだが、沼津は風が強い町で大正二年には強風のため大火が起きたという。

沼津は井上靖だけではなく文学者と縁がある。沼津生まれの芹沢光治良、千本松原を気に入り、この地に住んだ若山牧水がいる。それぞれ文学館が作られている。また私の出身校、麻布学園の創立者、旧幕臣の江原素六ゆかりの地で、江原公園、銅像、墓が市内にある。

もう一人、北原白秋も沼津と縁がある。

廃線となった沼津港貨物線敷地跡につくられた蛇松緑道（提供 沼津市）

白秋は、しばしば沼津の牧水を訪ねたという。二人で酒をくみかわした。

このことは、沼津出身の医師で作家の、仙石規《せんごくただし》さんのミステリ小説『沼津御成橋未解決事件』（静岡新聞社、二〇〇九年）で知った。

現代の高校生が、タイムスリップして大正末の沼津に行き、なんと白秋となって、未解決事件の謎を解くという物語。

当時、沼津には白秋の熱心な読者が多くいたという。小説の書名にある「御成橋《おなりばし》」とは市内の狩野川《かのがわ》に架かる、市のシンボルになっている橋。沼津の御用邸に行くための橋なので この名がついた。

仙石規さんは郷土史家でもあり、この小説には沼津の町のことが詳しく書かれていて、町歩きの参考になる。表紙には、三連アーチの美しい御成橋の写真がある。大正時代のものだという。

現在の御成橋は東京の永代橋によく似たアーチ橋。たまたまその隣の橋が永代橋というのは偶然とはいえ面白い。

御成橋を眺めてから町を歩いていたら、蛇松《じゃまつ》緑道という整備された散歩道がある。沼津駅から狩野川の河口に向かっている。

こういう緑道は昔、鉄道が走っていた廃線跡が多い。もしやと思って注意しながら歩いていると、ところどころにレールが残っている。そればかりかミニSLと動輪まであった。やはりそうだったか。

家に帰って宮脇俊三編著『鉄道廃線跡を歩くⅣ』（JTBキャンブックス、一九九七年）を見たら、ちゃんとあった。東海道本線沼津港貨物線（通称、蛇松線）という貨物線の跡だった。沼津駅と沼津港を結んだ。わずか三キロ。明治二十年に、東海道線建設用の資材を運ぶために作られた。「静岡県初の鉄道」という（越智久氏の文章による）。昭和四十九年に廃止された。

沼津にも廃線跡があったか。それだけかつての日本は鉄道王国であり、鉄道が日本の近代化を支えていたことがよく分かる。

十二月に新潮社から『成瀬巳喜男　映画の面影』を出した。幸いすぐに再版になった。成瀬好きが多くいるのはうれしい。

年が明けて成瀬巳喜男の墓に御礼の報告にいった。

墓は世田谷区大蔵の円光寺にある。東宝の撮影所の近く。世田谷美術館にも近い。

成瀬巳喜男は昭和四十四年に六十三歳で亡くなっている。私の世代では生前会うことはできなかった。ただ、奥様のつね子夫人には以前、インタビューしたことがある。夫は静かな人でしたと語る夫人自身も物静かな方だった。古き良き女優たちへのインタビュー集『君美わしく　戦後日本映画女優讃』（文藝春秋、一九九六年）を出したとき、お送りすると丁寧な礼状を下さった。その手紙はいまも大事にしている。

夫人は平成二十年に九十五歳で鬼籍に入られた。

成瀬作品のなかでも傑作といわれるのは『流れる』（一九五六年）。山田五十鈴が、江戸時代から続いた花街《かがい》、柳橋の芸者を演じた。

花街を、料亭、待合、芸者置屋の三業があったことから三業地という。花街で遊んだことなどない人間には、この三業のうち待合がどういうところなのかよく分からない。

先だって、ある宴席で現役の新橋の芸者さんと話す機会があった。思い切って「待合とはどういうところなのか」と聞いてみた。芸者さんは、少し言葉を濁しながら「客と芸者が会うところ」と言ったあと、さらにこう説明してくれた。「料理屋も客と芸者が会うところですが、料理屋には風呂はありません。待合には風呂が付いています」。

なるほど。これでよく分かった。現在、東京には待合はないそうだ。

この芸者さんは成瀬の『流れる』が好きで何度も見ているという。山田五十鈴の芸者ぶりは自分たちのお手本とも。三味線の場面を絶賛していた。

最近、読んでいいなと思った歌人の歌がふたつある。

ひとつは高野公彦さんの、

「神谷バーは浅草一ノ一ノ一、混み合へるなか串カツで飲む」(歌集『流木』角川学芸出版、二〇一四年)。

もうひとつは小島ゆかりさんの、

「徘徊の父、就活の娘ありそれはともかく空豆《そらまめ》をむく」(歌集『泥と青葉』青磁社、二〇一四年)。

こんなふうに日常の暮しのなかから自然に歌が詠めたらいい。

(「東京人」二〇一五年三月号)

暖光の中、東へ西へ。

前回、正月に静岡県を走るローカル鉄道、岳南電車（吉原―岳南江尾）に乗りに行った話を書いた。そのあと、思いがけない映画で岳南電車を見た。

ももいろクローバーZというアイドルグループが主演する青春映画『幕が上がる』。人気のアイドルだというが、シニア世代ではなじみがない。映画雑誌の編集者から見るようにすすめられ、はじめは躊躇したが、原作が劇作家の平田オリザ、監督が『踊る大捜査線』の本広克行なので気になる。

思い切って見に行ったら、これが面白かった。地方の高校の女の子たちが演劇に熱中する。高校演劇の全国大会をめざす。

中原俊監督の『櫻の園』（一九九〇年）や山下敦弘監督の『リンダ リンダ リンダ』（二〇〇五年）、李相日監督の『フラガール』（〇六年）などと同じ、いわゆる少女たちのプロジェクトXもので、話そのものには新鮮さはないが、演じているももいろクローバーZの五人の少女たちがういういしい。

舞台は富士山の見える地方都市。女の子たちは普通の女学生。その気取らないローカル感が好ましい。

富士山が見えると言っても観光絵葉書のようなお定まりの風景は見せない。大きな工場がある。松林の向こうに高い煙突が見える。工場を縫って電車が走る。

この電車、見たことがある。この正月に乗った岳南電車ではないか！　工場と工場のあいだを走る姿は、まさに宮脇俊三が『時刻表おくのほそ道』で、「なんだか京浜工業地帯の鶴見線あたりに乗っているかのようだ」と書いたとおりの岳南電車。

演劇の好きな女の子が二人、この電車に乗る。夜のがらんとしたプラットホームで親しく話をする。その駅は、岳南電車のなかでは比較的大きな比奈駅。

人気アイドル映画に、こんな地味なローカル鉄道が出てくるとは。しかも正月に乗ったばかりだったので大いに驚いた。

必要があって田山花袋の『田舎教師』（新潮文庫）を読む。何年ぶりかで読んで感動する。文学を志しながら、夢を果せず、若くして肺結核で死んでゆく明治の青年の物語だが、端正な文章に魅了される。

とりわけ、舞台となる利根川沿いの北関東、羽生《はにゅう》、行田《ぎょうだ》あたりの四季の描写は、明治の日本の田園風景はこんなにも美しかったのかと感嘆する。

田山花袋は明治の代表的出版社、博文館の編集者として『大日本地誌』の編纂に関わったことがある。その仕事をするなかで、風景や地理を見る確かな目を培っていったのだろう。

『田舎教師』を読んだあと、急に花袋の故郷、群馬県の館林に行きたくなる。二月の暖かい日、浅草から東武鉄道の電車に乗る。特急に乗ると一時間半ほどでもう館林に着く。思っていたより近い。

館林の町は、おそらく空襲に遭っていないのだろう。町のあちこちに古い日本家屋が残っている。酒造りの店や醤油造りの店が、瓦屋根の落着いたたたずまいを見せている。

古い城下町だからだろう、武家屋敷だったらしい大きな家もある。路地が多いのも、歩いていて楽しい。

旧二業見番組合事務所（提供 館林市）

二階建ての瓦屋根が重なり合う神社のような建物がある。「旧二業見番組合事務所」と案内板にある。このあたりはかつて、花街（二業＝芸者置屋と料理屋）があった。その名残り。

田山花袋は旅好きで、よく旅行随筆を書いたが、そのひとつ『一日の行楽』（博文館、大正七年）には、「（館林のその付近は）一種艶めかしい空気につつまれている」とある。昔はにぎやかだったのだろう。

駅から三十分ほど歩くと、田山花袋記念文学館がある。地元の作家として花袋を顕彰している。展示を見ていて興味深い写真があった。

田山家は明治十九年（一八八六）に花袋が十四歳の時に上京するのだが、その出発の記念写真。当時はまだ鉄道が通じていなかったので船で行く。写真は、家族が渡良瀬川の船乗り場で和船に乗り込もうとしているところ。

ここから船を乗り継ぎながら、利根川（栗橋）、江戸川（関宿）を下って東京に出た。明治十年代でも、北関東にはまだ水のネットワークが健在だったことがうかがえる。

館林のうどん屋で昼食をとり、浅草に戻る感じで東武電車の上りに乗り、『田舎教師』の舞台になった羽生に向かう。

館林を出た電車は田園地帯を走り、利根川を渡る。この季節、残念ながら緑は少ないが、新緑の頃は利根川の土手の緑が素晴らしいだろう。

鉄橋を渡るとすぐ羽生駅。駅舎は新しく、大きい。ステンドグラスが付いている。一見、教会のよう。

羽生は、利根川を挟んで館林のほぼ隣りになる。羽生の町には、小林秀三という、羽生の在の弥勒小学校で代用教員をしていた青年がいた。若くして病没した。この青年は日記をつけていた。花袋は青年の日記をもとに『田舎教師』を書いた。

主人公の清三は失意の青年である。家が貧しくて、上の学校へ行けなかった。恋には破れる。東京の音楽学校の受験には失敗する。文学の夢は叶わず、肺を病んで、寂しく死んでゆく。折りから世は日露戦争の勝利に沸いている。

暗い青春ではあるが、花袋はそんな清三にも平穏な日々があったことを描くのを忘れない。オルガンを弾いて子供たちに唱歌を教える。子供たちと一緒に利根川に遊ぶ。

とくに秋の一日、子供たちを連れて利根川に行くくだりは、牧歌的な楽しさがある。ベートーヴェン「田園」の第一楽章、田舎に着いたときの晴れやかな気分を思い出させる。

「清三は此処へ来ると、いつも生徒を相手にして遊んだ。鬼事《おにごと》の群に交って、女の生徒につかまれて、前掛で眼かくしさせられることもある。又生徒を集めて一緒になって唱歌をうたうことなどもあった。こうしている間はかれには不平も不安もなかった。自己の不運を嘆くという心も起らなかった」

清三が村の子供たちを可愛がっていたことが分かる。花袋は清三を利根川べりの広々とした風景に置いている。

現在、この利根川の草土手には「田舎教師詩碑」が建てられている。利根川は北関東の人々には、わが心の川だったのだろう。

清三が亡くなって一年後、友人たちが奔走して墓を建てる。秋のある日、清三を慕っていた女生徒が、いまは女学生となって恩師の墓を訪ねる。そして墓の前で人目も忘れて久しく泣いた。このくだりは、読んでいてほろりとする。二年後、この女学生は清三のあとを継ぐように、羽生で小

『田舎教師』のモデルとなった小林秀三の墓（提供 羽生市）

学校の先生になる。

モデルとなった小林秀三の墓は、羽生駅に近い建福寺にある。そこにお参りして一日の旅を終えた。


所用で名古屋に出かけ、一泊したあと、そのまま東京に帰るのはつまらないので、途中、豊橋で降り、渥美半島を走るローカル私鉄、豊橋鉄道渥美線に乗った。新豊橋—三河田原を走る。

亡妻は尾張一宮の産。結婚したてのころ、新婚旅行をしなかったので、夏の休みに家内の実家に行った帰り、この鉄道に乗り、渥美半島の先端、伊良湖岬で遊んだことがある。もう四十年ほど前になる。

それを思って渥美線の電車に乗った。

豊橋の市街地を抜けるとすぐに田園地帯になる。ビニールハウスが目立つ。それを眺めているうちにすぐ、終点の三河田原駅に着く。新豊橋から三十分ほど。通勤、通学の鉄道になっているのだろう。

三河田原駅は真新しい。二〇〇八年に新装成ったばかり。駅舎は扇形のホールのような建物。安藤忠雄の設計だという。

鉄道ミステリを数多く書いた鮎川哲也に、渥美線が出てくる作品が、知る限り二作ある。ひとつは短篇『蹉跌』（一九六四年）。もうひとつは長篇『風の証言』（一九七一年）。

ともに殺人の容疑者となった男がアリバイ作りのため渥美線に乗り、田原の町を歩く。地味なローカル鉄道だから、アリバイ工作をしやすいのだろう。

『風の証言』には田原の町の様子が詳しく書かれている。城址がある。こぶりの商店街がある。伊良湖岬は島崎藤村作詞の「椰子の実」ゆかりの地なので、その名をつけた食堂がある。

そのイメージがあって町を歩いたのだが、車社会になって町の様子がすっかり変わってしまったのだろう、残念ながら小説に出てくるような商店街も食堂も見つからなかった。

静かな町だった。田原城址のあたりには古い屋敷が残っている。この藩の家老だったのが渡辺崋山。善政で知られ、天保の飢饉のときには、領内に一人の餓死者も出さなかったという。

そういえば、『小説 渡辺崋山』を書いた作家、杉浦明平は現在の田原市福江の出身。

城址にある田原市博物館では、ちょうど「渥美線――渥美半島と外界をつなぐ鉄路の物語」展が開かれていた。三河田原駅開業九十周年の企画展だという。

渥美線の開業は大正十三年（一九二四）。百年近く走り続け、車社会になった現在も廃線にならずに健在。そして町の博物館で企画展が開かれる。地元の人に親しまれていることが分かる。

町を歩いている人は少なかったが、展示を見に来た人は多く、鉄道の展示だけに子供が目立った。いつの時代も、鉄道を支えているのは実は子供、とくに男の子ではないか。

入場券と一緒に、ペーパークラフトを貰った。のりとはさみで渥美線の電車を作ることができる。グリコのおまけみたいで楽しくなる。

（「東京人」二〇一五年四月号）

町に寄りそう美術家たち。

北陸新幹線の開通。常磐線の東京駅、品川駅への乗り入れ。最後のブルートレイン、寝台特急「トワイライトエクスプレス」と「北斗星」の引退。

このところJRのニュースが相次ぐ。

そんななか、あまり大きく報道されなかったが、うれしいニュースは、東日本大震災で被災し、その後、運休が続いていたJR山田線の宮古―釜石間の復旧工事が始まったこと。

山田線は盛岡―宮古―釜石を結ぶ。内陸部を走る盛岡―宮古間は被害がなかったが、沿岸を走る宮古―釜石間は津波で線路も駅舎も破壊された。地震のあと、取材で行ったが、陸中山田駅の惨状には息を飲んだ。その特異な名で知られている吉里吉里《きりきり》駅は、駅舎は残っていたが、運休の結果、レールが錆びついていた。列車が通らなくなると、こんなに早くレールは錆びるものかと驚いた。

山田線の復旧はもう無理と思っていた。三陸鉄道の北リアス線と南リアス線が復旧しただけに山田線の惨状が強く印象づけられた。

それだからこそこの三月に、JR東日本が沿線自治体の協力を得て、宮古―釜石間の復旧工事を開始したのはうれしい驚きだった。

平成三十年度中の全面開通をめざしているという。復旧後の運営は、第三セクターの三陸鉄道が手がけることになる。

これは誰が考えても妥当だろう。これによって北リアス線（久慈―宮古）と南リアス線（釜石―盛《さかり》）がつながる。東北の太平洋側、久慈―盛間が三陸鉄道に一本化される。災いがかえっていい結果を生むかもしれない。


春の好日、千葉県佐倉市にある国立歴史民俗博物館に「大ニセモノ博覧会 贋造と模倣の文化史」を見に行く。

「ニセモノ」ばかりを展示するというアイデアが面白い。意表を突く。

書画骨董から貨幣まで、人間はまあ、なんと数多くのニセモノを作ってきたことか。価値あるものが登場すると、必ずといっていいほどニセモノが現われる。それなりの創造の力である。

書画や掛軸、骨董にニセモノが現われるのは理解できるが、江戸時代に、ある蔵元の酒の人気が出ると、たちまちそのニセモノが作られたというのは驚く。情報が速い。

テレビの人気番組に「開運！ なんでも鑑定団」がある。その道の専門家が、視聴者の依頼によって「お宝」を鑑定する。「ホンモノ」か「ニセモノ」か。「ホンモノ」なら、いくらぐらいの価値があるのか。結果に一喜一憂する。この番組、面白くてよく見る（日本画の鑑定をする安河内眞美さんのファン）。

「大ニセモノ博覧会」の入り口に、「当館では鑑定はいたしません」と明示されているのが笑わせる。書画骨董の「お宝」を鑑定してほしいという人が多いのだろうか。

こんどは、「なんでも鑑定団」でこれまで「ニセモノ」とされた書画骨董を集めて、「小ニセモノ博覧会」を開いてくれたら面白いのだが。

佐倉の町は、ＪＲ総武線の佐倉駅（明治二十七年開設）と京成本線の京成佐倉駅（大正十五年開設）のあいだに挟まれるようにしてある。普通、ＪＲの駅と私鉄の駅は近接していることが多いのだが、ここは、二キロほど離れている。

そのあいだに丘があり、ここに佐倉藩の城があった。歴博は城跡に造られている。この町はお茶の水の順天堂医院の発祥の地としても知られている。

歴博で「大ニセモノ博覧会」を見たあと、町を歩くことにする。

歴博のある一帯は公園になっている。猫が何匹もいる。地域猫になっているといいのだが。「ペットフードを置くな」という張り紙が気になる。

城下町だけに武家屋敷がまだいくつか残っていて、重厚なたたずまいを見せている。戦時中、軍都でもあったが、空襲は免れたのだろうか。瓦屋根の商家もいくつか残っている。

ちょうど馬の背にあたる丘の上に商店街があって、そこに佐倉市立美術館がある。昭和の銀行の建物を再利用している。「房総をめぐる風景」展が開かれている（入場無料）。

五十代の頃、房総半島が好きになり、「中年房総族」と称し、南房総をよく旅した。それで懐しくなり、なかに入ってみた。

房総半島の絵画というと、やはり、海、漁師あるいは海女、そして花（南房総は花作りが盛ん）を主題にしたものが多い。

花畑のなかに、花作りの女性が立つ岩下資治という画家の、昭和五十二年（一九七七）に描かれた「採花の頃」は、南房総の日ざしの明るさが伝わってくる。

房総の花作りはとくに和田町（現在、南房総市）で盛ん。大正時代に始められ、関東大震災後、東京で死者の霊を慰めるため、花の需要が増加した。ただ、戦時中は、「花など無用のものを作るより野菜を作れ」と軍部に言われ、花作りは迫害を受けた。

そんな歴史を思いながら見ると、「採花の頃」の花畑に立つ女性の笑顔に心なごむ。

展示されている絵のなかに、以前、このコラムで紹介した旧国鉄出身で房総在住の画家、久保《くぼ》木彦《きげん》さんの鉄道絵画が二点あった。思わず、見入った。

「忘れられた貨車」と「緩急車」（ともに昭和六十二年の作）。どちらも佐原駅に停車している車輌を描いている。「緩急車」とは貨物列車のうしろに付けられた、車掌などの乗る車輛。こういう傍役の車輛に着目するところが、鉄道画家の真骨頂なのだろう。


佐倉方面に行くときは、JRより、上野から京成電車に乗ることが多い。杉並区の自宅から上野に出る時、最近、時折り、都営大江戸線を利用する。上野御徒町駅で降り、京成上野駅まで地下のコンコースを歩く。ここは平日の昼は、人通りが少ない。

ある時、この地下道（上野中央通り地下歩道）に面白い展示があるのに気づいた。ショウインドウのようになっていて、そこにいくつか作品が展示されている。ちょっとした町の美術館。上野の藝大生の作品だという。

二月に歩いたときに、不思議な作品があって思わず足をとめた。懐しい昭和の木造家屋のミニチュアが置かれている。

家のなかを見ると、木造家屋とは対照的な、エジソンのような科学者がなにやら実験をしている。作品の題は「Ｄr.サイエンスの研究所」とある。昭和の懐しい家屋とＳＦ的世界の対比が面白い。

「Ｄr.サイエンス」は架空の人物だが、さも実在したかのように略年譜が添えられている。「Ｄr.サイエンス（一八九〇〜？）。一九一四年にタイムマシン発明。一七一四年、ニュートンに万有引力を教える。二〇八年、諸葛孔明に明日の天候を教える。二一一四年、核戦争時に失踪」などなど。

そのユーモアが微笑ましい。小さなミニチュアの世界のなかに、広々とした大宇宙がある。まさに壺中天を覗くよう。感服した。

以来、上野に出たときは必ず、ここを歩く。

佐倉市に行った帰りに歩くと、展示が変わっていて、今度は、うれしいことに鉄道の車窓風景がある。電車の車輛（乗客は乗っていない）が描かれている。ロングシートがあり、窓がある。その窓から、緑の林や森、草原が見える。電車は走っているので風景も流れてゆく。題して「ながれゆく日々」。
これも藝大生の作品。鉄道好きの学生なのだろう。遊び心がある。このコンコースから目が離せない。

高名な画家の展覧会もいいが、何気ない町のミュージアムに思いもかけない、いい作品がある。二月のある日、吉祥寺を歩いていて武蔵野市立吉祥寺美術館のポスターが目にとまった。赤い服を着たおかっぱの少女が木の横に立っている。向うに洋館が見える。かくれんぼでもしているのか。どこか懐しい。「小畠辰之助　吉祥寺のモダニスト」展とある。

少女の絵に惹かれ、美術展を見た。この絵のほかに、やはり、おかっぱの少女が、畑の続く丘に立って本を読んでいる絵にも惹かれた。

武蔵野市立吉祥寺美術館「吉祥寺のモダニスト 小畠辰之助」展より「少女」
（提供 武蔵野市立吉祥寺美術館）

小畠辰之助（一八九二―一九七七）という画家の名は知らなかった。京都の老舗扇屋に生まれ、若き日、東京に出て黒田清輝の下で絵を学んだ。解説によると、組織に所属しない自由人で、絵を売るのもよしとせず、画壇ではほとんど無名の存在だったという。

大正時代に吉祥寺に家を持ち、以来、生涯をこの武蔵野の地で過ごした。井の頭公園の水辺でなごむ父と子の絵や、やはり井の頭公園らしい林のなかで二人の少年が写生をしている絵もある。郊外生活の平穏を思わせ、懐しい。

武蔵野市立吉祥寺美術館はビルのなかのワンフロア。そんな小さな美術館が、地元に長く住み、緑多い東京郊外の風景を描いた無名の画家を顕彰する。とてもいいことだ。

やはり二月、渋谷のオーチャードホールで、山田和樹指揮、日本フィルによるマーラーの交響曲第二番「復活」を聴く。指揮者は一九七九年生まれと若い。日本フィルは、定番クラシックの演奏が多い交響楽団の印象が強い。

あまり期待していなかったのだが、これが力強く、堂々たる素晴しい演奏。終章では、打楽器、管楽器をフルに使い、それに合唱と独唱が加わる。大伽藍のような壮大な音楽。

「復活」とは言うまでもなくキリストの復活を謳い上げている曲だが、最後は、交響曲というより宗教音楽の清澄な祈りを感じさせた。

近年のマーラーと言えば、インバル指揮、東京都交響楽団の演奏を何度か聴いているが、その名演に迫る演奏だと思った。大ホールで五分間ほど、観客の拍手が鳴りやまなかった。

心が洗われた、いい夜だった。

（「東京人」二〇一五年五月号）

福島への旅と鉄道画家。

三月のなかば、講演の仕事に呼ばれ、福島県のいわき市に出かけた。市立草野心平記念文学館で「鉄道と旅」の題で話をする。

常磐線はこの三月に、上野駅から東京駅、さらに品川駅へと延長になった。便利になるのだが、上野駅が通過駅になってしまうのは寂しい気がする。

いわき市は、「カエルの詩人」として知られる草野心平（一九〇三―八八）の故郷。市内から少し離れた小さな村に地主の子として生まれている。

いわき駅に昼前に着く。学芸員の渡邊芳一さんと、地元で隔週刊の「日々の新聞」を発行している知人の安竜昌弘さんが出迎えてくれる。安竜さんに会うのは久しぶりだが、いつも手紙のやりとりをしているので、久しぶりという感じはしない。

文学館は市内ではなく、少し西に行った小高い丘の上にある。車で行く。鉄道の話をするのに車で行かなければならない。地方都市ほど車社会になっていると改めて痛感する。鉄道が充実していて車がなくても暮してゆける東京に住んでいることが、なんだか申訳なく思ってしまう。

車で文学館に案内してくれる渡邊さんが、こんな話をしてくれる。文学館へ鉄道で行くには、磐越東線でいわきから二つ目の小川郷《おがわごう》駅で降り、そこから車で約十分とパンフレットには書いてある。東京から来る人間は、東京の感覚で「車で約十分なら、歩くか」と考える。ところが文学館は丘の上にあるから歩くと疲れる。へとへとになってたどり着くことになる。

車社会と東京の違いは、こんなところにもあると痛感する。

文学館に行く途中、小川郷駅に寄ってもらう。名前のとおり、小さな無人駅（大正三年開設）。瓦屋根の駅舎はおそらく開業当時のままだろう。田園のなかにぽつんと建っている。はじめて見る駅なのに、日本のあちこちにいまも残る小さな駅の懐しいたたずまいを見せている。

草野心平の生家は小川郷駅の近くにある。改修され、きれいに保存されている。カエルを愛した詩人は、こういう広々とした田園で育ったか。

丘の上の文学館は、眺めのいい素晴しい建物だった。高名な建築家の作ではなく、地元の建築家が設計したという。広い窓があって、そこから山がパノラマのように見える。息をのむ。新緑の頃に来たらさらに素晴しいだろう。

草野心平は詩人であり、自由人。詩で生活をするのは難しい。昭和のはじめには、新宿で焼き鳥屋を開いている。戦後は文京区小石川田町（後に新宿区角筈に移転）で居酒屋を開いた。その名も「火の車」。

文学館には、その「火の車」の店内が再現されている。いろいろな文学館を見てきたが、居酒屋のある文学館はここぐらいだろう。草野心平の人柄が偲ばれる。

伊豆七島とは別に、東京の二十三区内に島がある。江戸川の河口に近い妙見島。草野心平は戦後、この島に住んでいたこともある。

文学館で「鉄道と旅」について話をした。3・11の記憶がまだ強く残る地だから、関東大震災や東京空襲のあとの鉄道の状況のこと、長崎の原爆投下の直後、市内に鉄道が走り、被災者を近隣の病院へ運んだということ（石井幸孝著『戦中・戦後の鉄道——激動十五年間のドラマ』JTBパブリッシング、二〇一一年による）などを話す。

講演のあと、ある女性がとても心に残る話をしてくれた。

3・11のあと常磐線の、原発がある区間は運休になった（いまも一部、そのまま）。いままで鉄道が走っていたところを鉄道が走らなくなる。

ある時、車でその常磐線の線路の踏切を渡った。列車が走っていないのに思わず車を停めた。自分だけではなく、知人たちもそうだったという。鉄道が走らなくなっても、鉄道の記憶が身体に刻まれている。

その女性は、復旧した常磐線を、二両ほどの列車が走るのを見た時、涙が出たともいう。車社会でも、鉄道の大切さがきちんと記憶されている。

講演のあと、「日々の新聞」の安竜昌弘さんと、大越章子さんに編集部に案内された。いわき市内にある。ビルの中かと思ったら、二階建ての家。スペイン風のしゃれた洋館。二階が編集部になっているのだが、これが、小さいながら画家のアトリエのようで素晴しいところだった。物置部屋のような狭い書斎で暮している身には、実に優雅な仕事場に見え、羨ましくなってしまった。

しかし、そのあと家に届いた「日々の新聞」を読むと、「3・11のあと、非日常が日常になってしまった」という安竜さんの言葉があり、粛然とした。

そういえば安竜さんは、こんな話もしてくれた。いわき市の山里ではいまイノシシが増えて困っている。猟師に猟を頼むのだが、断られてしまう。

というのは、イノシシは放射能に汚染されている。猟をしてもイノシシを食べることはできない。無駄な殺生になってしまう。猟師は生きものの命をもらって生きている、という考えをいまも強く持っている。

イノシシが増えるのも困るが、猟師の考えもわかると安竜さんは言う。こんなところにも「非日常が日常になった」福島の現実がある。

旅は寄り道が楽しい。

いわきで一泊したあと、まっすぐ東京に戻ってしまうのはつまらない。

いわきから常磐線で友部まで行き、水戸線に乗り換えて笠間で降りる。笠間日動美術館に「常磐線東京乗り入れ記念」と銘打たれた「大鉄道展」を見に行く。

美術館の隣りにある赤い欄干が特徴の五階ほどの大きな日本旅館が地震の時、一部が損壊した

「日々の新聞」編集部（提供 日々の新聞社）

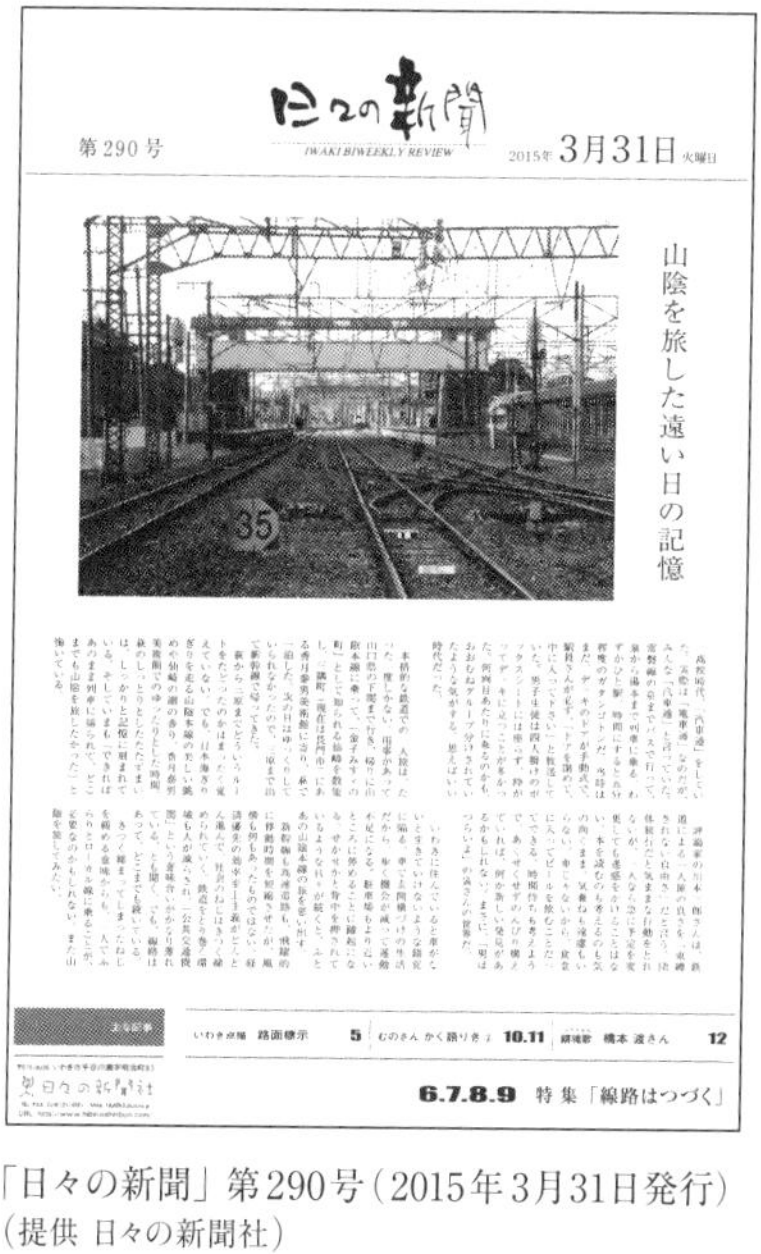

日々の新聞

第290号

IWAKI BIWEEKLY REVIEW

2015年 3月31日 火曜日

山陰を旅した遠い日の記憶

主な記事

いわき点描 路面標示 5

むのさん かく語りき 10.11

橋本 渡さん 12

日々の新聞社

6.7.8.9 特集「線路はつづく」

「日々の新聞」第290号（2015年3月31日発行）
（提供 日々の新聞社）

らしく、いまだに営業を再開せず、廃墟のように見えるのに驚く。ここにもいまだ「3・11」がある。

「大鉄道展」はまず、昭和の放浪の画家、長谷川利行（一八九一—一九四〇）の「赤い汽罐車庫」（一九二八年）が目を引く。レンガ造りらしい赤い車庫の前に黒々とした機関車がとまっている。力強い。

長谷川利行は震災後の東京、とくに浅草、上野、千住、荒川放水路の風景を愛し、ガスタンクや煙突、鉄橋、工場など鉄とコンクリートの建築物を好んで描いた。新しい風景の発見である。「赤い汽罐車庫」は田端の車庫だろう。

長谷川利行は師を持たず、画壇に属さず、山谷のドヤ街や新宿旭町の木賃宿を転々としながら自由に絵を描き続けたが、昭和十五年に三河島の路上で倒れた。板橋養育院に運ばれたが胃癌の末期で、五ヵ月後に死去した。

上野の不忍池畔には「利行碑」がある。以前、平凡社の月刊誌「太陽」に、文学者や映画人、画家らのお墓参りをし、故人を顕彰するという連載をしていた時、長谷川利行も取り上げた。

墓は京都府の淀の妙教寺という寺にある。長谷川家の菩提寺という。一九九七年にこの寺に墓参りに行った。八十歳を過ぎた老師が、「墓参りに来られた方は久しぶりだ」と喜んでくれたのを思い出す。

「大鉄道展」には私など知らなかった現代の作家の絵も何点かあった。エドワード・ホッパーを思わせる、アメリカ中西部らしいローカルな駅を描いた池口史子「夕陽」（一九九一年）、江ノ島付近の海沿いを走る緑色の電車を正面からとらえた松井ヨシアキ「七里が浜の江の電」（二〇〇九年）、風景が歪んで見える遠藤彰子の幻想的な「透影」（二〇〇九年）などに心惹かれた。鉄道を描く画家が多いことを知る。

笠間から下館に出て、関東鉄道常総線に乗る。途中、昼食をとろうと水海道《みつかいどう》で降りて町を歩いたがいい店がない。日曜日で閉まっているのか、それともシャッター通りになっているのか。仕方なくまた常総線に乗り、終点の取手まで行く。駅前に小さなインド料理の店を見つけ、カウンターでビールを飲む。旅の終わりにいちばんくつろぐとき。

竹橋の東京国立近代美術館で開かれている「片岡球子展」を見に行く。

確か赤瀬川原平さんが美術展についてこんなことを書いていた。

日本の美術展は展示されている絵の数が多い。全部を律儀に見ることはない。早足で見てゆく。そのうち「あっ、これだ」という絵に出会う。それをゆっくりと鑑賞する。

赤瀬川さんに倣って私もそうしている。今回は、はじめから見たい絵が一点あった。「学ぶ子等」（一九三三年）。教室にいる二人の少女を描いている。休み時間だろうか、右手の少女は自分の席で横向きになって刺繡をしている。左手のもう一人の少女は返された答案らしい紙に手を入れている。

二人ともおかっぱ。ワンピース。清潔感がある。「昭和の少女」である。昭和八年の作だが、昭和二十年代の私の小学生時代にも、こんな女の子がまだいたように思う。懐しい。
帰り、ミュージアム・ショップに立寄ったらこの絵のポストカードがあったので、何枚か買い求める。美術展は、ミュージアム・ショップに寄るのも楽しみになる。

日本橋の丸善に行ったら、ギャラリーで、版画家の佐藤国男さんの作品展が開かれていた。佐藤さんは宮沢賢治の『銀河鉄道の夜』や『注文の多い料理店』などを版画にしていることで知られる。もともとは大工だったというのが面白い。木のプロである。

函館在住。以前、函館のギャラリーでお会いした。それが縁で、「川本」という表札を作ってくださった。木の家ではなく、残念ながらマンション暮しなのだが、木でできた表札を見て宅配便の人が時折り、「いいですね」と言ってくれる。

旅から帰ってしばらくして、安竜さんから手紙が届いた。
安竜さんは美術好きで、「日々の新聞」の編集室には、ポスターや絵葉書がたくさん貼ってある。届いた葉書は、福島県出身の石山かずひこという画家の「操車場夕景」（二〇〇九年）の絵葉書。女性の部屋の窓から操車場が見える。いい絵だ。ここにも鉄道好きの画家がいる。

（「東京人」二〇一五年六月号）

台湾一周で会った多くの人たち。

三月に台湾を旅した。

一九九二年に亡妻と旅して以来となる。楽しい旅だったので、妻亡き後、台湾に行くのは、自分だけが楽しむような気がして、控えていた。昨年（二〇一四）、七回忌を終えて再訪を決心した。

台湾は一年のなかで三月がいちばんいい季節という。暑くも寒くもない。湿気もない。今回もいい旅になった。

二〇一一年に拙著『マイ・バック・ページ』が台湾で翻訳出版された。その出版社の人たちに会うことが旅の目的のひとつだった。台湾文学の翻訳家、天野健太郎さんと、新潮社の編集者、楠瀬啓之さんが企画してくれた。

台湾は明るかった。一九八七年に戒厳令が解除されてから三十年近くなる。自分は「台湾人」だと考える新しい世代が育っている。

何より、明るさの原因は働く女性が多いことではないか。今回の旅では、実に多くの素晴らしい女性たちに会った。

『マイ・バック・ページ』を出版してくれた新経典文化という出版社の社長は、葉美瑤《ようびよう》さん。女性である。

翻訳をしてくれた頼明珠《らいめいしゆ》さんも女性。この方は、村上春樹の小説を数多く翻訳している。

また編集を担当してくれた梁心愉《りようしんゆ》さんも、さらに台北滞在中、通訳として付き添ってくれた翻訳家の黄碧君《こうへきくん》さんも女性。

女性が大活躍している。これには驚き、うれしかった。私にインタヴューしてくれた「中國時報」紙の記者、郭佳容《かくかよう》さんも女性だった。

ちなみに、中国語のできない私でも名前の漢字を見ると「美瑤」「明珠」「心愉」「碧君」「佳容」とあり、女性の名だなと分かる。漢字文化圏の有難いところ。

台湾では、英語のニックネームが使われる。黄碧君さんは「エリー」。日常会話では「エリーさん」と言うほうが多い。可愛らしい彼女には「エリーさん」が似合う。彼女は東北大学に留学し、宮沢賢治を学んだ。すでに五十冊ほどの訳書があるというから驚く。

一夜、東京でいえば代官山の蔦屋書店のような書店（誠品書店信義店）で、李明璁《りめいそう》さんという台湾大学の社会学の先生と、「東京」をテーマに対談をする。この時、通訳してくれたのも褚炫初《ちよげんしよ》さんという女性だった。

李明璁先生によれば、台湾のほうが日本より女性の社会進出は進んでいるという。

これは、もしかすると台湾には徴兵制があることと関係があるかもしれない。若い男性が一定期間、兵役に就く（以前は二年、現在は九ヵ月）。当然、女性の働く機会が増える。

書店での対談にも若い女性が多く来てくれた。昨年の春、台湾では「ヒマワリ革命」が起きた。国民党政権が進める台中接近のサービス貿易協定に反対する学生たちがデモをし、立法院議場を占拠した。

その熱い学生運動があったためだろう、日本の一九六〇年代から七〇年代にかけての反体制運動を背景にした拙著『マイ・バック・ページ』が、思いのほか読まれたという。

自分の二十代の頃の体験が、台湾の若い世代に読まれるとは。夢にも思っていなかったので、これは戸惑いながらも、うれしいことだった。

対談の相手をしてくれた李明璁先生は、二〇〇八年の「野イチゴ学生運動」（国民党政権の中国融和政策の推進下、集会やデモの自由への規制に反発した運動）の発起人の一人という。と言っても、決して固い政治的人間ではない。日本の漫画などサブカルチャーにも精通した明るい、まだ学生のような先生だった。東京のことも詳しい。東京に行く時には、下町をよく歩くという。

台湾では、思っていた以上に日本の文化が紹介されている。書店には、村上春樹やよしもとばななの小説だけではなく、永井荷風の『あめりか物語』と『ふらんす物語』が並んで置かれてあったし、ビデオ店には成瀬巳喜男のＤＶＤボックスがあった。

対談のあとのサイン会では、なんと「東京人」を持参した若い読者もいた。台湾で「東京人」が読まれているとは。これもうれしい驚きだった。

台湾苗栗県三義郷龍騰村にある、日本統治時代の1908年に作られたレンガ造の鉄道アーチ橋。35年の地震で破損し、そのままに（提供 田中紀子／台湾篇、以下 同）

台湾は新幹線（台湾高速鉄道）が走っているのでわかるように、鉄道が発達している。台北に三日滞在したあと、日本の編集者と、鉄道で台湾一周の旅を楽しんだ。新幹線では速すぎるので、在来線でゆっくり風景を楽しむ。台南《たいなん》、高雄《たかお》、花蓮《かれん》で泊る。

昨年、台湾でロケした『南風《なんぷう》』（萩生田宏治監督）という映画があった。日本の女性編集者（黒川芽以）が、台湾の女性（テレサ・チー）と九份《きゅうふん》、基隆《きいるん》、日月潭《にちげったん》などを旅する。

途中、鉄道好きがあっと息を呑む光景がある。森の中に、壊れてしまったレンガの橋が忽然と現われる。古代ローマの水道橋のように見える。地震で壊れた、かつての鉄道橋だった。

まずこれを見たかった。台北から鉄道で二時間弱。苗栗《みやおりい》という駅に着く。あとで知ったことだが、ホウ・シャオシェン（侯孝賢）監督の『冬冬《とんとん》の夏休み』（一九八四年）の少年が夏休みを過ごすお祖父さんの家は、苗栗駅の先の銅鑼《トンルオ》駅近くで撮影されたという。

駅から車で三十分ほど走ると、『南風』に出て来た橋が森の中に現われる。龍騰断橋《りゆうとうだんきよう》という。古代の遺跡のよう。日本統治時代の明治四十一年（一九〇八）に作られた鉄道橋。『南風』のなかで、一九三五年の地震で崩れたと説明されている。

『南風』では、台湾の女性がこんなことも言う。「台湾では一九九九年に大地震があった。この時、日本がまっさきに援助した。3・11の時は、台湾がまっさきに援助した」。

龍騰断橋のところには若いカップルもいる。台湾にも鉄道ファンが多くいて、このあたり、廃線跡を訪ねる観光客を多く見かけた。

台湾の鉄道には、日本のように駅弁があるのも有難い。これは駅弁ではないが、朝、台北駅から列車（自強号）に乗り込む時、構内のセブン・イレブンで弁当を買ったのだが、これが駅弁と遜色のない美味しさだった（値段は二百円ほど）。


一九九二年に亡妻と台湾旅行した時、行きたくて行けなかったのが、南部の都市台南。台湾の歴史が始まった町と言われる。

一九九〇年に新潮社から『大正幻影』という文芸評論を出した。佐藤春夫を中心に、芥川龍之介、宇野浩二、谷崎潤一郎ら大正期の文学者を論じたもの。大正期の作品のなかでとくに愛着があったのが、大正十五年（一九二六）に長谷川巳之吉の主宰する第一書房から出版された、佐藤春夫の幻想小説『女誡扇綺譚《じよかいせんきたん》』。

「女誡扇」という、嫁ぐ娘に嫁の誡めを書いた扇をめぐる物語。日本から台湾に来た新聞記者が、廃屋となった旧家で女性の霊と思われる声を聞く。ポオの『アッシャー家の崩壊』を思わせる。佐藤春夫は大正九年（一九二〇）の夏、二十九歳のときに、台湾を旅行した。その時、安平《アンピン》という廃港のさびれた詩情に惹かれた。『女誡扇綺譚』はその旅から生まれた。

安平は、台南の海側にある。

今回、そこに行きたかった。幸い、台南在住の、成功大学に語学留学中で、台湾の歴史に詳しい黒羽《くろは》夏彦さんが町を案内してくれた。

台南のこぢんまりとしたホテルにチェック・インしたら、フロントの女性が日本語を話せる。大阪に留学したという。「おおきに」と言うのが可愛い。ここでも女性が活躍している。

安平は台南の市中から車で二十分ほどのところ。十七世紀にオランダが作ったゼーランディア城（安平古堡《こほ》）という古城があるので知られる。

『女誡扇綺譚』は新聞記者の「私」が、台湾の友人（詩人）と安平を訪ねるところから始まる。かつては港として栄えたところが、いまでは泥の海と化し、さびれ切った廃市になっている。

現在の安平は、安平古堡を中心としたにぎやかな町だが、それでも一歩、路地に入ると、昔ながらの静かな古い町並みが残っている。

安平から市中に戻る。

ゼーランディア城と同じく、十七世紀にオランダによって作られた古城、赤崁楼《せきかんろう》が残されてい

安平古堡。台南の安平にある、1627年にオランダ人によって造営された要塞

台南市内『女誡扇綺譚』の廃屋があったとされるあたり

る。そこからしばらく歩くと、狭い路地の神農街があり、さらにその奥に、崩れかけたような古い家が並ぶ一画がある。黒羽夏彦さんの説明によると、ここが『女誡扇綺譚』の、女性の霊と思われる声が聞こえてきた家があったところらしい。

この小説に導かれるようにして『大正幻影』を書いた四十代の頃を思い出し、ここがそうか、と少しく興奮する。中国文学の伝統のひとつは、廃屋や廃址に美女の霊が現れることだ、と佐藤春夫は書いているが、実際、雑踏から少し歩いただけの路地の奥に、いまでもそれらしい廃屋が残っているのを見ると、大正期の幻想小説が身近に思えてくる。

台南は、いまやハリウッド映画を代表する監督となったアン・リー（李安）の故郷でもある。町には、若い頃のアン・リーが通ったという映画館も健在。その事実を誇らし気に明記している。昨年九月に死去した山口淑子の写真も飾ってある。映画好きが経営しているらしい。

台南の商店街には思いがけず「浅草」「銀座」の名前が残

高雄から花蓮に向かう鉄道（自強号）からの車窓風景

っている。「沙卡里巴」もある。「さかりば」と読む。
他方では、商店街の一画に小さな祠があり、抗日運動で犠牲になった四人が祀られている。「西來庵事件」という。恥しいことに、その事実を知らなかった。

いくら、台湾は親日的とはいえ、日本人であるわれわれが、かつて日本が台湾を植民地にした事実を忘れてはならない。

いつもにこやかな李明璁先生も、日台の編集者たちとの懇談会で、「日本は、西欧の植民地主義に追いつこうとして、台湾を植民地にした」ときちんと言った。それが印象に残っている。

台南から高雄を経て、東海岸の花蓮へ。
ここは台北に比べれば小さい。駅に降り立って広場のまわりを見ても、高い建物はほとんどない。空はあくまでも明るく、広い。台北や台南ではひやひやさせられた大量のバイクも走っていない。季節もよく、風がさわやかで心地よい。なにより、こぢんまりとして「歩ける町」になっているのが有難い。

これは、旅から帰って、シネマート六本木で見たのだが、台湾の青春映画『花蓮の夏』（二〇〇六年、レスト・チェン〈陳正道〉監督）では、町を少しはずれると、青々とした田圃が広がっている。鉄道からも見えたが、このあたりは田園地帯のようだ。

ホテルに荷を置いて町を歩く。小さな商店街が続く。日本の昭和三十年代の地方都市を思わせる。丘の上に女学校がある。下校時で校門のところに女学生がたくさんいる。なんだろうと思って見ていると、次々に迎えの家族がやって来る。車で来る母親がいる。バイクでやって来る男の子がいる。ボーイフレンドだろうか。興味津々で眺めていたら、校門のところで寝そべっていた犬に吠えられた。のんきな犬かと思ったら、きちんと仕事をしていた。

商店街の小さな食堂で食事をする。台北でもそうだったが、台湾の食堂で面白いのは、ほとんどの店で酒を置いていないこと。日本のような飲酒文化がない。

食堂でビールを飲みたい時はどうするのか。近所のコンビニで缶ビールを買ってきて、店で勝手に飲む。持ち込み可。日本では考えられない。

台湾には、居酒屋で一人で飲むという一人文化がないということも面白かった。酒は、親しい仲間と楽しみながら飲む。そういえば侯孝賢の映画をはじめ、台湾映画では、家族が一緒に食事をする場面が多い。日本のような「個食」はない。幸い今回は、編集者が付き添ってくれたからよかったが、日本でのように一人で列車に乗り、一人で食事をし、一人で酒を飲んだりしていたら、奇異の目で見られたかもしれない。

花蓮では、面白いものを見た。看板がある。大きな猫（オス）が小さな猫（メス）に向かって、何か言っている。「ネコジャラシで遊ばない？」「ニャー」とのこと。日本の若い世代で流行っている「壁ドン」（中国語で「愛的壁咚」）。なんとも微笑ましい絵だった。日本文化はこんなところにもある。


この二月に日本映画『さいはてにて』が公開され、話題になった。永作博美演じる主人公が、東京での暮しを切り上げ、故郷の能登半島珠洲《すず》の海辺で、小さな喫茶店を開く。近くに住む、佐々木希演じるシングルマザーとその子供たちと親しくなる。脚本は柿木奈子。

この映画の監督は、面白いことに、台湾の女性監督、チアン・ショウチョン（姜秀瓊）。侯孝賢および、彼と並ぶ台湾のニュー・ウェイブ、エドワード・ヤン（楊徳昌）監督に師事した。

三月に日本で見た。とてもいい映画だった。台北に行ったら、黄碧君さんと共に付き添ってくれた、台北在住の日本人女性、西本有里さんが、この『さいはてにて』の撮影中に通訳を務めたという。

その縁で、花蓮から台北に戻った、台湾滞在の最後の日、姜秀瓊監督に会うことができた。ランチを共にした。通訳をしてくれた西本有里さんといい、姜秀瓊監督といい、ここでも、女性たちの活躍に触れることになった。

台湾大学の李明璁さん(左)と台日作家交流トークイベントにて

台湾の女性監督、チアン・ショウチョンさん(右)と

『マイ・バック・ページ』を訳してくれた頼明珠さん(左)と

日本映画を、台湾の女性監督が撮る。

かつては考えられなかった。新しい時代が確実に始まっている。こんな時代に、ナショナリズムを叫ぶ政治家は、どこかセンスがずれているのではないか。

姜秀瓊監督に聞いてみた。

日本の大きな社会問題のひとつは東京への一極集中と、その結果による地方の衰退です。台湾では台北一極集中ということはありませんか。

姜監督の答えは明快だった。

「台湾では、その問題はありません。なぜなら台湾は小さい国だからです」

日本のように、故郷の町を捨てて台北に出て来てしまうことが少ない。距離が近いから、町と台北を行ったり来たりできる。

台湾の面積は九州より少し小さい。

国というのは小さいほどいいのではないか。今回、台湾を旅して強くそう思った。鉄道が整備されているのは、小さい国だからこそだろう。年齢をとると、小さな国の良さがいっそう身に沁みる。

（「東京人」二〇一五年七月号）

あとがき

『東京人』二〇一二年十二月号から二〇一五年七月号まで連載した「東京つれづれ日誌」をまとめた。前著『そして、人生はつづく』（平凡社、二〇一三年）の続篇になる。

書名は、年を重ねてますます身近かに感じられるようになったアメリカの詩人、作家メイ・サートンの『独り居の日記』（武田尚子訳、みすず書房、一九九一年）に倣っている。連れ合いを亡くした初老の男が、そのあと、一人でどう生きているかのささやかな記録とお読みいただければ有難い。

毎月のように日本のどこかの町に出かけている。3・11のあと、あの惨劇を忘れないようにと東北を旅することが多い。車の運転をしないので、鉄道の旅になる。町に着いたらひたすら歩く。歩くのが好きなので、多少の距離は苦にならない。

知らない町を歩いていて、いつのまにか、自分のことを忘れて、ただ、町の風景に溶け込んでいる瞬間がある。あとで考えると、そんな忘我の時が、いちばん楽しい。

連載中に、古稀になった。親しい編集者たちや、若い友人たちが祝ってくれた。子供のいない身だが、その日だけは、子供のいる親になった気持になれた。皆さんに感謝したい。文中にも書いたが、物書きという職業は有難い。いつも、身近かに頼りにできる編集者がいるのだから。世の中で、もっとも幸せな職業と言えるかもしれない。

彼らのおかげで元気でいられる。そして、いま、元気なうちに、日本のまだ行ったことのない町を旅したいと欲が出ている。

何度も行くうちに、自分の町のように思えてきたところもある。北海道の函館、岩手県の盛岡、山梨県の甲府と市川大門、千葉県の銚子……、他にもまだ知らない、いい町があるかもしれない。ある新聞の投稿欄にあった読者のこんな歌が心に残っている。「終点に理想の街のあるやうなローカル電車夏の野を行く」。鉄道の旅の、ひっそりとした楽しみを詠んでいる。元気なうちにもっと鉄道の旅を続けたい。

二〇一五年三月の台湾への旅は、予想をはるかに越える楽しい旅になった。食べものはおいしいし、町は親しみが持てる。何よりも会った人たちが誰も素晴しかった。以来、台湾熱にとりつかれてしまった。

この年齢になったら仕事も人付合いも減らしてゆかなければならないのに、台湾という新しい世界が広がった。うれしい悩みである。来年も台湾に行けるように、身体を大事にしよう。「明日」を考えることも、元気でいるためには必要かもしれない。

連載中に、これまで世話になった先輩、親しい友人たちが相次いで亡くなった。

中学時代の恩師、山口昌男先生。「東京人」の編集長だった粕谷一希さん。イラストレーターの安西水丸さん。大学時代からの友人で、物書きへのきっかけを作ってくれた思想家の松本健一。その死に粛然とすると同時に、近い将来、必ず訪れる最後の日を考えざるを得ない。こればかりは、天にゆだねるしかないが。

荷風『濹東綺譚』のあとがき「作後贅言《ぜいげん》」は、こう終っている。

「花の散るが如く、葉の落《おつ》るが如く、わたくしには親しかった彼《か》の人々は一人一人相ついで逝ってしまった。わたくしもまた彼の人々と同じように、その後を追うべき時の既に甚しくおそくない事を知っている。晴れわたった今日の天気に、わたくしはかの人々の墓を掃《はら》いに行こう。落葉はわたくしの庭と同じように、かの人々の墓をも埋《うず》めつくしているのであろう」

連載中は、『東京人』編集部の田中紀子さんにお世話になった。いまだに鉛筆で手書きの原稿に付き合ってくれる田中さんに感謝したい。静岡県生まれらしい穏やかな田中さんは、台湾旅行にもにこやかに同行してくれた。本当に、有難う！

また『そして、人生はつづく』に引き続き本書を作ってくれた平凡社の日下部行洋さんと、版画家の岡本雄司さんにも御礼申し上げる。有難うございました。

川本三郎

二〇一五年十一月

〈初出誌〉

「東京人」二〇一二年十二月号〜二〇一五年七月号掲載
「川本三郎　東京つれづれ日誌」

川本三郎

評論家。一九四四年東京生まれ。著書に、「大正幻影」（サントリー学芸賞受賞）、「荷風と東京」（読売文学賞受賞）、「林芙美子の昭和」（毎日出版文化賞、桑原武夫学芸賞受賞）、「小説を、映画を、鉄道が走る」（交通図書賞受賞）、「白秋望景」（伊藤整文学賞受賞）、「マイ・バック・ページ」、「いまも、君を想う」、「そして、人生はつづく」ほか多数。近著に「サスペンス映画ここにあり」ほか。

ひとり居《い》の記《き》

二〇一五年十二月二十五日　初版第一刷発行

著者　川本三郎
発行者　西田裕一
発行所　株式会社平凡社
〒一〇一―〇〇五一
東京都千代田区神田神保町三―二九
電話　〇三（三二三〇）六五八四（編集）
　　　〇三（三二三〇）六五七二（営業）
振替　〇〇一八〇―〇―二九六三九

装丁　折原若緒
印刷・製本　中央精版印刷株式会社

ISBN 978-4-582-83696-7
NDC 分類番号 914.6　四六判（18.8cm）　総ページ 272
平凡社ホームページ http://www.heibonsha.co.jp/